이강의 호시절

이강의
호시절

나를 위로하는
따뜻한 추억으로의 여행

이강 지음

북드림

편수취함

그림 전시회를 관람하다가 본의 아니게 초등학생 딸들과 엄마의 대화를 듣게 되었다. 대화 내용은 지극히 평범했다.

"수아야, 아라야, 그림에는 작가의 내면과 영혼이 담겨 있단다."

"엄마, 내면이 뭐야?"

엄마는 살짝 뜸을 들이더니 얼버무렸다.

"글쎄……."

아마도 그 순간부터 내면에 대한 나의 고민이 시작된 듯하다. '작가의 내면이 담긴 그림은 무엇일까?' '나의 내면은 무엇일까?' 쉽게 해답을 찾을 수 없는 화두였다.

내면을 찾기란 생각보다 쉬운 일도, 1~2년 사이에 찾아지는 일도 아니었다. 매년 개인전에 앞서 오프닝 행사 때 간단한 작품 설명, 재료나 방식에 대한 이야기로 작가의 인사를 준비하지만 그때마다 품위 있어 보일 듯한, 알지도 못하는 철학적인 내용과 괜한 전문 용어를 넣어가며 짜깁기하느라 바쁘다. 그러니 인사말을 하면서도 무슨 말인지 스스로 이해도 안 되고, 돌아서면 누구의 내면을 말한 것인지 기억에 없으니 매번 전혀 다른 작품을 설명하는 것 같아 창피한 생각이 들었다.

조금 더 공부를 하면, 대학원에 진학하면 이 부분이 쉽게 해결될 것이라 믿었지만 상황은 더욱 안 좋은 방향으로 흘러갔다. 도서관에 처박혀 나와 비슷한 그림을 그리거나 유사한 화풍을 가진 유명 작가의 일대기를 찾아보고, 그들의 작품과 동질성을 부여해서 내 작품의 철학적·미술사적 의미를 치장하기에 바빴다.

'나는 왜 이런 그림을 그려야 하지?'라는 의문은 그림을 그리면서도 머릿속을 떠나지 않았다. 내 손으로 그림을 그리면서도 왜 이런 그림을 그리는지, 이런 스타일의 그림을 그려야만 마음이 편해지는지 이유를 알고 싶었다.

그 대답이 쉽게 나오지는 않았지만 서서히 윤곽이 드러나기 시작했다. 이런 고민을 시작한 지 10년이 지나고 있을 때였다. 그 계기는 이렇다.

연년생인 여동생은 또 다른 나라고 해도 과언이 아닐 만큼 우리 자매는 많은 부분을 공유했다. 남에게 드러내지 못할 사소한 고민이며 자질구레한 잡담, 유치한 속내까지 말해도 창피할 것 없는 유일한 사람이었다. 그래서 아무리 친한 친구가 있다 해도 나를 보이는 법이 없었다. 여동생이 있기 때문에 굳이 다른 사람에게 얘기할 필요가 없었던 것이다. 그런데 동생이 유학을 떠났다.

그 후 얼마 지나지 않아 할머니가 돌아가시고, 안 좋은 일은 겹쳐서 온다더니 20년 동안 살아온 내 고향, 충남 천안의 성정동 집이 경매로 넘어갔다. 이 모든 일이 불과 2년 사이에 잇따라 벌어졌다. 처음에는 괜찮을 거라고 스스로 다독이며 시간이 지나면 해결될 것이라 믿었다. 사실은 실감이 나지 않았기에 달리 뾰족한 방법도 없었다.

당시 나는 결혼해서 나름 행복하게 살고 있었기 때문에 아무렇지도 않을 줄 알았다. 그런데 점점 기가 죽고 무너지기 시작했다. 지치면 다시 일으켜 줄 활력소가 있어야 하는데 무슨 일이 일어난 것일까. 시간이 갈수록 알 수 없는 우울증이 깊어졌다. 원인이 무엇인지는 모르겠지만 가슴속에 차오르는 무게감에 짓눌려 사소한 것에 울컥울컥했다.

그나마 그림을 그리면 속이 후련해졌지만 아무것도 안 하고 오로지 그림만 그릴 수도 없는 노릇이다. 그럴수록 그림에 집착이 심해져 그림을 못 그리면 잠을 줄여서라도, 밥을 굶고라도 그려야 직성이 풀렸다. 그렇다 보니 그림 그리는 시간이 줄어들면 주변 사람들에게 불똥이 튀기 일쑤였고 생활은 엉망이 되어갔다.

더 이상 시간이 해결해 줄 것이라고 기다릴 수 없는 지경에 이르렀을 때 무작정 가방을 싸 들고 나섰다. 딱히 목적지를 정하지도 않았는데 집을 나서자 원래부터 가려고 준비한 것처럼 할머니 댁으로 향했다. 반겨줄 사람 하나 없고 오랫동안 방치돼 흉물스럽고 잠시 앉아서 쉴 곳 하나 없는 곳이다. 할머니가 돌아가시고 몇 년 만일까? 아무도 살지 않아서 자물쇠로 방문과 부엌문을 잠가 놨다는 소식은 들었다. 왜 그동안 한 번도 안 왔을까? 할머니가 돌아가시고 집안싸움이 있어서도 그랬지만 결국은 가보려는 성의가 내게 없었다.

거의 도착했는지 멀리서 할머니 댁이 서서히 보이기 시작한다. 왜일까? 죄지은 사람처럼 아니면 짝사랑하는 사람을 몰래 훔쳐보는 사람처럼 가슴이 떨리기 시작한다. 차라리 안 보는 것이 나을 것 같은데 괜히 온 것은 아닌지 갈등이 생겼다. 용기를 내려고 숨 고르기를 한다.

말라비틀어진 귤처럼 집은 쪼그라들고 반쯤은 기울어져 아슬아슬해 보이고 심지어 지붕 위에도 풀과 작은 나무가 자라고, 마당에는 작은 산이라도 옮겨 놓은 듯 풀과 나무가 가득해 들어가기조차 힘들었다. 한마디로 시골길에서 흔히 보는 흉가다. 윤기 나던 마루는 어디 갔는지, 하루에도 수십 번 여닫던 커다란 부엌문은 어디 갔는지 사라졌고 누런 암소가 살던 외양간도 형체 없이 허물어졌다. 뒤꼍은 들어갈 수 없어 담 밖에서 바라보기만 했다. 마음이 아팠다. 그냥 가자니 서운해서 천천히 동네를 걸었다. 낯익은 곳이 보이면 반가운 마음에 한참을 서서 그나마 남은 미소를 지을 수 있었다.

그 순간 누군가 어깨를 토닥토닥하며 감싸 안아주는 기분이 들었다. 그렇다. 그저 보는 것만으로도 따스한 위로가 되는가 보다. 눈물이 핑 도는 것이 가슴에 쌓인 체증이 반쯤은 가시는 기분이 들어 내친김에 이미 경매로 넘어간 성정동 집도 봐야겠다는 용기가 났다. 남의 집이 되어버린 성정동 집은 이름을 읊조리는 것만으로도 울컥증이 났지만, 다 쓰러져 흉가가 되어버린 할머니 댁을 보며 위로받을 정도이니 조금이라도 번듯할 때 많이 봐야 후회 없을 것 같다는 생각이 들었다.

성정동 집 근처 정류장에 내리는데 벌써부터 눈물이 떨어진다. 사람들이 볼까 봐 고개를 숙였지만 금방 멈춰질 눈물이 아니다. 몇 번이고 오고 싶었지만 경매로 넘어간 이후로는 기억에서 지우려고, 상처받지 않으려고 억눌렀다. 정류장에서 잠시 앉아 마음을 진정하고 집 쪽으로 발걸음을 향한다. 골목길 모퉁이를 돌아 어린 시절 살던 집이 보이는 순간 복받치는 감정에 어깨가 들썩이도록 숨이 가빠진다. 소리 내서 울지 않으려고 손가락을 지근지근 물었다. 잃어버린 소중한 것을 찾았을 때의 반가움과 서러움의 시점일까!

비로소 내가 왜 그림을 그리는지 알 것만 같았다. 파란 대문, 모과나무, 이끼, 앞뜰, 옥상, 화장실, 수돗가, 두껍게 니스 칠을 한 방문……. 살아가는 데 힘을 주고 용기를 줬던 것은 다름 아닌 일상적인 삶에서 흔히 보아왔던 사소한 것들이다. 그동안 힘들 때마다 여동생과 나눴던 사소한 대화와, 할머니 댁이나 성정동 집의 사소한 사물들이 묵묵히 나의 길을 갈 수 있도록 나를 치유하여 당당히 세상으로 내보내준, 소중한 것임을 알게 되었다. 이 글 속에 담겨 있는 일상적인 사물들이 내 삶에 녹아 있는 철학이 되어 그림을 그릴 수 있는 바탕이 되었던 것이다.

나에게 예술은 무겁거나 진지한 것이 아니라 일상적인 삶에서 볼 수 있는 사소한 것이다. 서랍, 이불장, 찬장, 신발장…… 소리 없이 언제나 그 자리에 있을 줄 알았고 하찮았던 것의 소중함을 깨닫는 순간이다. 삶의 중요한 순간에 언제나 함께하던 일상들이 나에게는 힘의 원천이었던 것이다.

일상적인 삶에서 흔히 볼 수 있는 사물들의 소중함을 알아가며 과거를 통해 현재를 돌아보고 나아가 미래를 위한 힌트를 얻는 것이라 생각된다. 어린 시절의 하찮았던 자잘한 사물에 대한 기억은 정신

적 치유의 시간이었다. 그렇기 때문에 어린 시절의 기억을 떠올리는 것은 무의미한 것도 외면할 수 있는 일도 아니다. 과거 기억을 형상화하는 작업을 통해서 이상 세계와 현실 사이에서 빚어지는 갈등을 이해하고, 더 나아가 사회 전반에 흐르는 상실감으로 인해 문화 예술에 나타나는 쾌락성, 향락성, 일회성을 파악함으로써 앞으로의 작업 방향에 새로운 가능성을 찾고, 나를 둘러싸고 있는 현실에 대해 인식하고 규정하는 데 다양한 시각을 갖는 계기가 되었다. 이런 다양한 시각은 삶을 회피하기 위한 과거의 회상에서 좀 더 자유로워져 자잘한 일상의 소중함을 알게 해줌으로써 사고를 전환할 수 있는 중요한 포인트가 되었다.

우리는 과거의 아름다웠던 내 모습을 그리워할 때가 많지만 정작 지금 이 시간도 곧 과거의 시간이 된다는 걸 잊곤 한다. 아니 알고 있지만 연속되는 현재는 항상 그 자리에 있을 것이라는 착각에 자칫 소중함을 잊는다.

현재의 소중함을 안다면 삶은 달라지기 시작할 것이다.

2023년 새해를 맞으며

이강

차
례

이야기 다섯

내 삶을 채워준 사람들

이야기 일곱

언제나 생각나는 할머니표 먹거리

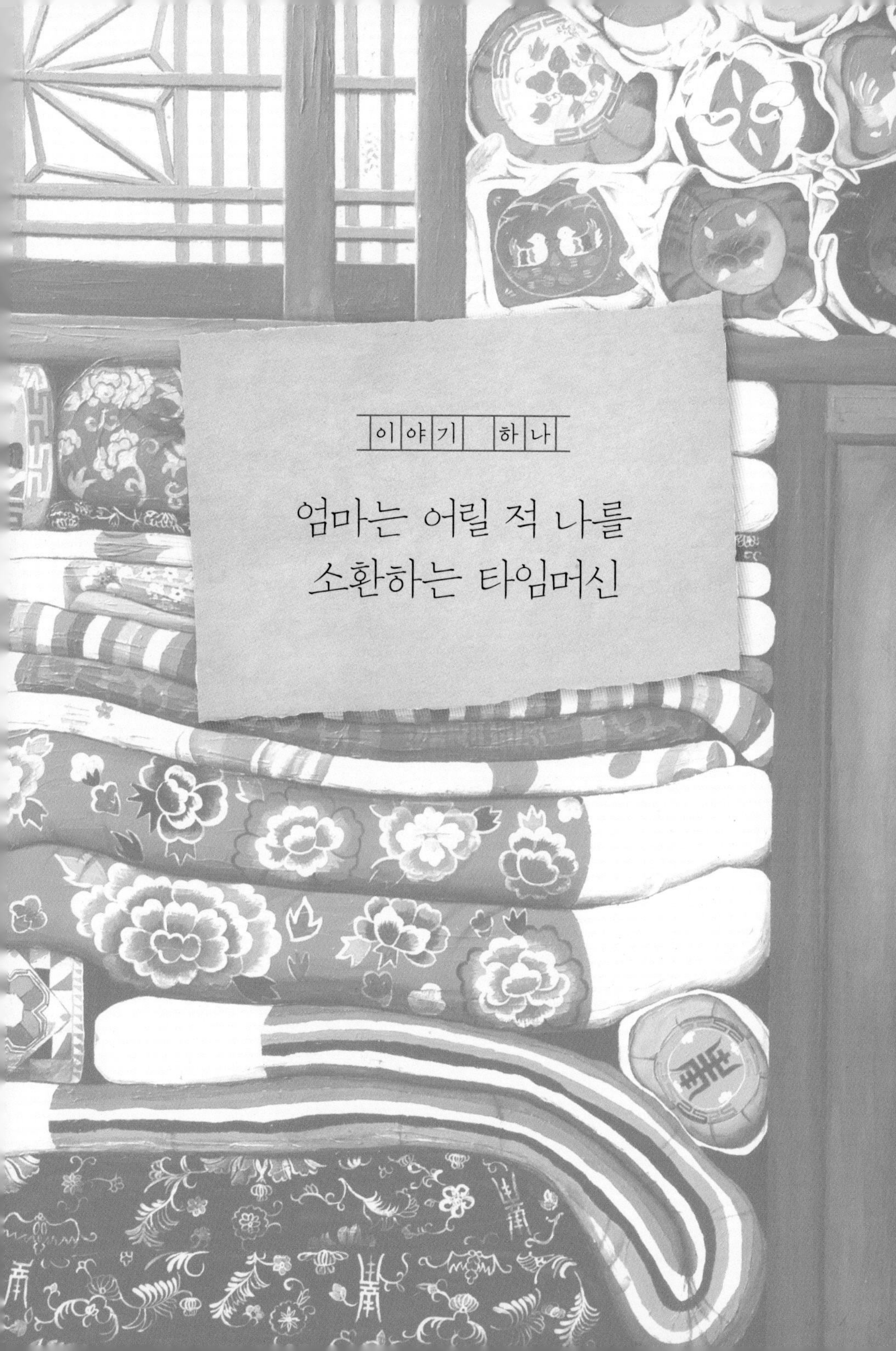

이야기 하나

엄마는 어릴 적 나를 소환하는 타임머신

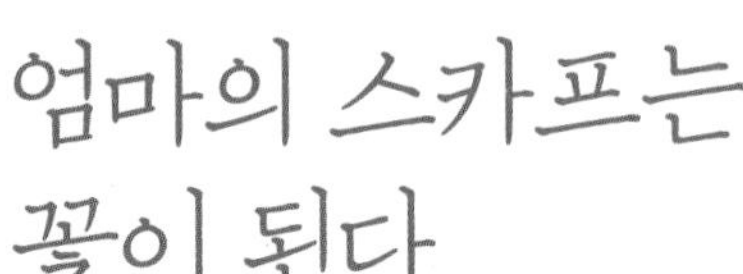

엄마의 스카프는 꽃이 된다

집에 엄마가 안 계셔 심심한 날이면 안방의 옷장을 열어본다. 작은 키에 통통한 몸매, 뽀얀 아기 돼지 같은 엄마는 옷을 광적으로 좋아한다. 사놓고 한 번도 안 입는 옷도 많고, 작은 키에 어울릴 것 같지 않은 너절너절한 옷, 소매통이 허리까지 내려오는 궁중 예복 같은 옷, 통통한 허리를 강조하면 안 되는데 굳이 두꺼운 허리띠로 동여매야 하는 대담한 옷이 대부분이다.

자신에게 어울리는 옷이 아닌데도 스타일에 앞서서 사두기만 한 옷이나 살 빠지면 입으려고 준비한 옷, 옷가게 주인의 꾐에 넘어가 산 옷이 대부분이라고 엄마가 실토한 적도 있다.

바쁜 와중에도 언제나 옷장 속은 엄마의 깔끔한 성격만큼 가지런하다. 색상별로 계절별로 바지와 꽃무늬 화려한 블라우스가 구분지어 걸려 있고, 옆 칸에는 코트나 재킷, 가죽류가 보자기로 각각 포장되어 있다. 찰랑찰랑 줄줄이 걸린 원피스들을 한참 바라보다 손으로 강아지 등이라도 쓰다듬듯 여러 번 쓰다듬고 늘어진 치맛자락을 목에 감아본다. 부드러운 실크가 차르르 내려온다. 소맷부리에서 푸석거리는 사과 향과 하얀 백합 향이 섞인 엄마 냄새가 난다.

옷장 문에는 스카프나 넥타이를 걸 수 있도록 원형 봉 두 개가 나란히 박혀 있는데 유난히 스카프를 좋아하는 엄마 때문에 늘 스카프로 가득한 옷장 문은 닫기조차 힘들었다. 두툼한 모직 스카프는 다림질 후 착착 개어 박스 안에 보관해 두고, 자주 사용하는 실크 스카프는 원형 봉에 걸어 놓았는데 세어보니 삼십 장이 넘는다. 풍성하게 부풀어 일어난 여러 개의 실크 스카프를 뒤적거려 보면 빨주노초파남보 온갖 색상의 총집합이다. 엄마는 외출할 때마다 마지막 순간에 옷 색상에 맞춰 여러 개의 스카프를 번갈아 가며 휙 두르고 휙 두르고를 반복하다가 마음에 드는 스카프가 나오면 거울에 눈을 고정한 채 자신감 넘치는 표정으로 "스카프는 진정한 멋쟁이가 마지막에 두르는 포인트"라고 했다.

매끄럽게 반질거리는 것이 자꾸만 만져보고 싶게 만든다. 스카프의 유혹에 넘어간 나는 보라색, 핑크색 스카프를 하나씩 꺼내어 어깨며 허리에 두르고 공주가 된 기분으로 거울을 바라본다. 내친김에 스카프를 드레스처럼 온몸에 칭칭 감고 이 방 저 방을 뛰어다니며 춤을 추면 잠자리 날개처럼 가벼운 스카프가 뒤를 따라온다. 부드러운 스카프가 발등을 스칠 때면 긴 드레스 자락인 것 같은 착각이 들어 드레스 놀이를 하다가, 질리면 스카프 여러 장을 방바닥에 펼쳐놓고 꽃밭 가득한 정원에라도 온 나비처럼 이 꽃 저 꽃에 앉아본다. 징검다리를 건너 구름 위에도 앉아보고, 무지개 이불인 양 덮어도 본다.

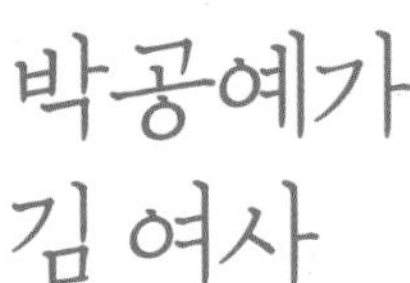

박공예가 김 여사

한때 엄마 친구들 사이에서 박공예가 유행했다. 집집마다 현관문을 열면 가장 잘 보이는 곳에 가장 잘 만들었다고 생각하는 박공예 작품을 내거는 것은 물론이고 방방마다 작품으로 탄생할 바가지가 한가득 쌓여 있었다. 처음에는 만들 때마다 소심하게 낱개로 구매하더니 이제는 크기에 상관없이 닥치는 대로 바가지를 구해 쟁여놓는다. 외갓집이나 친가에 갈 때마다 안부 인사를 한다는 핑계로 동네 한 바퀴를 돌아 이 집 저 집에서 못 쓰는 바가지나 마음에 드는 바가지라도 발견하면 사정을 해서라도 뺏어 오곤 한다. 우리 집에도 광이며 거실이며 안방 어디서나 볼 수 있게 바가지가 쌓여 있다. 가끔 놀러 오는 분의 손에는 노란 주스나 과일 대신 바가지 몇 개가 들려 있다.

초기에는 동글동글하고 잘생긴 바가지만을 선호하는가 싶더니 점점 고수가 되자 찌그러졌으면 찌그러진 대로, 오그라졌으면 오그라진 대로 바가지 모양과 상관없이 바가지란 바가지를 끌어 모으기 시작했다. 바가지 숫자는 그야말로 기하급수적으로 늘어 방방마다 바가지가 겹겹이 쌓여갔다.

놀러 오는 아줌마들도 자기 몸뚱이보다 큰 가방에 바가지를 몇 개씩 넣어 들고 온다. 거실이나 안방에 널찍하게 자리를 잡고 예술 작업에 매진하다가 중간중간 자랑하듯 바가지에 그린 그림을 보여줘 가며 서로 칭찬하기 바쁘다. 내가 보기에는 모든 작품이 한 사람이 만든 것처럼 거기서 거긴데 사람마다 특별한 재주라도 타고난 것처럼 어찌나 번지르르하게 칭찬을 해대는지 놀랍기만 하다. 한창 바가지 공예를 하다 말고 엄마는 여기저기에서 새로 얻어 온 바가지를 하나씩 보여주며 자랑을 한다. 아줌마들은 엄마의 바가지를 감탄하며 어디서 그렇게 단단하고 예쁜 놈을 얻어 왔냐면서 한 사람씩 돌려가며 바가지를 만져보며 부러운 눈으로 쓰다듬는다. 참으로 이상한 광경이다.

엄마는 모양에 따라 새겨 둘 그림이 벌써 정해진 듯 바가지마다 이름을 붙여 부른다. 서당에서 조는 바가지, 술주정뱅이 바가지, 한복 여자 바가지, 연꽃 잉어 바가지 등 앞으로 작업할 양이 끝도 없다. 좀 더 특별하고 다양한 그림을 찾기 위해 우리에게 '한복 입은 그림을 찾아봐라, 잡지책이나 교과서에 나오는 동양화란 동양화는 죄다 찾아 보고하라'는 엄명을 내린다. 조금이라도 동양화 냄새가 나서 엄마에게 보여주면 "이 그림은 표주박 모양에 어울리겠네. 여기에 잎사귀 몇 개만 넣으면 크게 나와도 상관은 없겠다." 하며 바가지에 벌써 그림이 그려진 듯이 어울릴 만한 바가지를 찾아 표시를 하곤 한다.

완성되는 족족 바가지는 벽에 걸리고 더 이상 걸 곳이 마땅치 않으면 가족사진을 떼어내거나 달력 위에 겹쳐 걸기도 한다. 엄마의 자부심이 담긴, 좀 더 자랑스런 바가지는 빨강, 파랑 매듭에 옷고름처럼 긴 수술까지 달아 화려하게 장식해 자그마치 천장에서 바닥까지 닿았다. 이쯤 되니 벽은 빈틈없이 바가지로 채워졌고 걸 곳이 없으니 마당에도 걸고 광에도 걸다가 여기저기 아는 분에게 원치 않는 선물로 보내졌다.

박공예는 훤히 비치는 기름종이에 베낀 그림을 바가지에 붙인 다음 그대로 조각하는 작업이라서 특별한 재주나 창의력이 없어도 그럴싸한 완성품을 만들 수 있다. 바가지 크기나 모양에 따라 어울리는 그림을 찾아 넣는 감각만 있어도 남다른 작품이 나오는데 그 부분에서 엄마는 특별한 재능을 타고났는지 일그러진 바가지라도 나름 어울리는 그림을 찾아 넣어 박공예 선생님에게 관심과 칭찬을 받고 있는 듯했다. 그 때문일까? 아줌마들이 시도 때도 없이 바가지와 그림을 찾아 들고 와서 엄마한테 상의를 한다거나 바가지에 어울리는 그림을 얻어 가는 경우가 많았고, 날이 갈수록 기세등등해진 엄마는 선생님의 수제자라도 되는 양 아끼는 조각칼까지 받아 와서 밤낮없이 박공예에 혼신을 다한다. 힘을 안 들이고도 얇게 새겨지는 조각칼로 작업을 할 때면 콧노래를 흥얼거리며 틈틈이 바가지를 자식 쓰다듬듯 어루만진다.

엄마의 바가지 사랑은 날로 더해 갔고, 급기야 앞마당에 조롱박까지 심더니 조롱박이 옥상까지 잘 올라가도록 줄을 매고 옆으로 휘거나 눌리지 않게 일일이 자리를 잡아주고 날마다 이쪽 끝에서 저쪽 끝을 오가며 심혈을 기울였다. 차양 가득 조롱박이 너울너울 셀 수 없이 열렸고 가을이 되자 엄마 아빠가 나란히 앉아 하루 종일 조롱박을 일일이 쇠톱으로 잘라 대충 씨앗만 빼고 커다란 들통에 몇 번을 번갈아 삶아낸 다음 숟가락으로 얇게 긁어 그늘에 며칠 동안 말린다. 말리는 것도 그냥 말리는 것이 아니라 일일이 손으로 모양을 잡아가며 돌려가며 골고루 말리고, 비라도 오면 얼른 걷어 모양에 손상이 없도록 다독거리며 곰팡이가 났는지 조롱박 손잡이 끝부분을 살펴가며 정성을 들인다. 그렇게 여름이 지나 가을까지 공을 들인 박

중에서도 반듯하고 잘생긴 조롱박만을 골라 정부미 자루로 두세 자루를 만들어 박공예 학원 분들에게 골고루 나눠 주고, 친구 분들에게 몇 개씩 나눠 줬다. 마당에는 말리다 모양이 틀어지거나 곰팡이 난 작은 조롱박이 굴러다녔는데 그 모습이 앙증맞고 귀여웠다. 나도 굴러다니는 바가지를 학교 친구들에게 나눠 주고 작고 동그란 바가지는 가방에 넣어 학교에서 물 마실 때 사용했다.

어느 날 박공예 학원이 궁금하기도 했고 다양한 작품이 보고 싶어 엄마를 따라 박공예 학원을 가봤는데 벽에 걸린 수많은 바가지들이 어쩌면 그렇게 특별하거나 독특한 작품 하나 없이 엄마의 바가지와 똑같은지 해도 해도 너무하다는 생각이 들었다.

숨소리도 들리지 않을 정도로 조용하던 학원은 엄마의 등장으로 '하하 호호' 시끌벅적해졌다. 엄마는 양손에 들고 온 커다란 가방을 척 내려놓더니 떡이며 과일을 꺼내 벌려놓는다.

"왜 그리 늦게 왔어? 시영 엄마가 빠지면 팥소 없는 찐빵이지. 아주 지루해 죽을 뻔했네, 웃을 일이 있어야 말이지." 하면서 한 마디씩 한다."성들 어디 가서 이렇게 웃고 살것어? 나 없으면 입에서 구린내 나." 엄마는 여러모로 재주꾼이다.

국현위생
631-4807
홍주위생
632-4480
833-9477

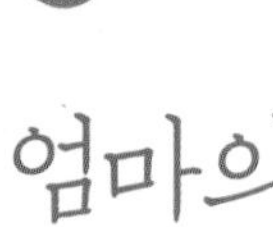

엄마의 패션

집에 있을 때 엄마의 패션은 시골 오일장을 연상케 한다. 여름 패션은 그나마 원피스 하나라서 괜찮은데 겨울 패션은 정말이지 무섭다. 겨울에는 난방이 안 되는 주택이 문제인지 발이 많이 시린 엄마가 문제인지 장화 같은 버선만 고집한다. 벌써 양말 패션부터 예사롭지 않다. 버선은 반드시 화려한 색감의 열대 아프리카풍이거나 오방색이 골고루 섞여야 하며, 버선목은 반짝이는 금장의 테두리여야만 한다. 버선 속으로 들어가는 내복도 광택이 강한 자줏빛이나 군청색, 꽃무늬여야 하고 겉옷으로는 코발트블루와 진홍빛, 초록빛이 섞인, 알 수 없는 무늬의 벨벳 치마를 자주 입는다. 무릎 아랫부분에서 보이는 버선과 내복과 치마 색만 해도 눈에 피로감이 몰려오는데 웃옷은 말할 나위 없이 색이 많다.

조끼를 사랑하는 엄마는 겨울이면 여러 개의 조끼를 집 안 여기저기에 던져 놓고 손이 가는 대로 주워 입는다. 아침에는 색동 누비 조끼를 입다가도 저녁나절이면 커다란 주머니가 달린 레몬빛과 연둣빛 잎사귀가 자잘한 조끼를 갈아입고, 화장실 다녀올 때나 항아리에서 동치미를 꺼낼 때는 목 부분에 털이 달린 두툼한 융털 조끼를 입는다.

조끼 하나는 안방 옷걸이에, 하나는 소파 위에, 다른 것들은 여기저기 기분 내키는 대로 던져져 있다. 우리 남매도 춥다는 생각이 들면 각각 하나씩 널려진 조끼를 입고 밥을 먹든 심부름을 다녀오든 하고 엄마가 그랬듯 여기저기 조끼를 던져둔다. 목이 굵고 짧은 엄마는 윗옷으로 라운드 넥의 니트만 입는데, 목 부분에 반짝이는 반드시 스팽글이나 너덜거리는 레이스가 붙어야만 한다.

그날은 엄마와 시장에 가는 날이다. 사람이 오지게 많아 엄마 손이나 치마를 잡지 않으면 엄마를 잃어버리기 일쑤이고, 그런 날은 혼자서 집으로 돌아와야 한다. 엄마는 주황색 접시꽃이 너덜너덜 달린 니트 티셔츠를 입고 버선, 치마, 조끼, 내복까지 요란한 꽃무늬로 휘감은 것도 모자라 진분홍 스카프까지 목에 칭칭 감고 나선다.

아무리 생각해도 과하다 싶었지만 색이 화려할수록 엄마의 기분이 좋다는 신호이고 우리도 덩달아 신이 났다. 엄마의 패션은 스프링처럼 통통 튄다. 아무리 사람이 많아 복잡하더라도 엄마를 힘겹게 찾을 필요 없이 고개를 돌리면 어디서든 엄마가 보였다. 엄마의 옷은 우리를 위한 배려이다.

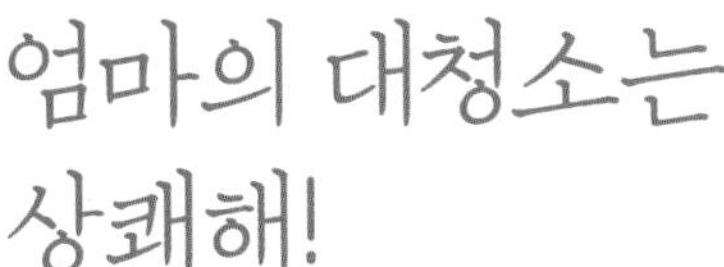

엄마의 대청소는 상쾌해!

엄마는 청소를 좋아한다. 한여름이면 민소매가 꽉 끼다 못해 파고 들어 뽀얀 팔뚝 살이 드러나는 화려한 꽃무늬 원피스를 허벅지까지 걷어 올리고 대청소를 한다. 채도가 낮은 고동색에 올리브그린 꽃이 가득한 소파를 빗자루 몽둥이로 팡팡 때려가며 먼지가 날 때마다 '봉선화 연정'을 부르면서 "이것 좀 봐, 이것 좀 보라고." 소리치며 정확하게 먼지 날리는 것을 확인시킨다. 청소의 중요성을 강조하기라도 하듯 한 사람 한 사람에게 먼지가 날리는 모습을 보여주며 인형이나 옷걸이에 걸린 옷은 물론이고 털 수 있는 것은 모두 내다 턴다.

대청소 하는 날에는 입고 있는 옷도 벗을 수 있는 만큼 벗어 털어야 집에 들어갈 수 있다. 먼지 털고 비질이 끝나면 여러 번 헹구어 빤 방 걸레가 각 방에 던져지고 우리 남매는 각자 맡은 방을 걸레질한다. 엄마는 우리가 청소하는 틈틈이 걸레질 노하우를 녹음 테이프 돌리듯 반복 재생한다.

"걸레를 꽉 잡고 꾹꾹 눌러 구석구석 꼼꼼하게 닦아. 얼룩이라도 있으면 그냥 지나치지 말고 얼룩이 없어질 때까지 확인하며 닦고 닦다가 머리카락이 있으면 한 손으로는 움켜잡고."

엄마는 걸레를 들고 책장 선반이나 문갑, 전화대 등의 먼지를 닦아내며 방마다 걸레질 검사를 한다. 말끔하게 정돈된 거실과 방엔 물기가 배어 있고 집 안의 먼지는 열린 창문으로 빠져나갔다. 그러고 나면 엄마는 신발장에 있는 신발을 모조리 빼낸 다음 긴 호스를 수도에 연결해 신발장이며 앞마당 옥상 계단까지 물청소를 해댄다. 물줄기가 힘차고 길게 뻗어 나가도록 호스 끝을 힘껏 눌러 구석구석 흙먼지를 후련하게 쓸어낸 뒤에 대걸레로 물기를 닦아낸다. 물이 고인 곳이 남아 있어 자칫 넘어지면 큰일 나기 때문이다.

언젠가는 유독 머리가 큰 막내 남동생이 세게 넘어지며 '쿵' 소리가 나도록 머리를 부딪쳐 숨도 못 쉬고 몇 분을 멍하게 천장을 보다가 어찌나 크게 우는지 어떻게 되는 줄 알고 가족 모두 기겁을 하고 놀랐다. 나 역시 예외는 아니다. 혼자 있을 때 바닥에 물이 있는 것을 알고도 방심을 해서 한 발이 미끄러지더니 공중으로 몇 미터는 '붕' 떠올랐다가 엉덩방아를 찌며 넘어졌는데 컥 하고 몇 분 동안 숨이 안 쉬어졌다. 숨소리도 못 낼 정도로 아팠고 팔이라도 부러졌구나 싶었는데 다행히 멀쩡했다. 누구라도 있었으면 분명 위로라도 해줬을 텐데, 보는 사람이 없었으니 울지도 못하고 아프다고 소리도 못 지르고 그냥 넘어갔다.

엄마는 물청소가 끝나면 쪼그리고 앉아 이리저리 살피며 보도블록이 깔린 마당 틈바구니에 난 이끼며 잡초까지 뽑고 이윽고 대문 앞까지 비질을 한다. 이렇게까지 청소해야 하나 세상 귀찮다가도 말끔히 청소된 집 안팎을 돌아보면 마음도 말끔히 정돈되는 것 같고 기분 전환도 돼서 청소할 때는 엄마처럼 확실하게 해야겠다는 생각이 들곤 했다.

엄마는 한겨울에도 여지없이 모든 창문을 열어젖힌다. 텔레비전을 보다가도 잠을 자다가도 밥을 먹다가도 느닷없이 양쪽 창문을 열어젖히면 아무리 중요한 일이 있어도 그것으로 청소 시작이다. 맞바람이 불어 책상 위에 놓인 가벼운 노트나 탁자 위의 탁자보가 벗겨져 날아가면 엄마는 갑자기 신이 나서 흥얼거리며 '봉선화 연정'을 부른다. 청소할 때나 빨래를 빨 때 흥얼거리는 노래는 대부분 '봉선화 연정'으로 시작해서 '봉선화 연정'으로 끝난다.

차가운 바람이 이 방 저 방으로 파고들어 한기가 느껴지면 서둘러 점퍼를 입든 두꺼운 옷부터 찾아 입어야 한다. 엄마는 무거운 이불부터 하나하나 꺼내 들고 추운 마당으로 나가 털고 집 안으로 들어와 신나게 커튼 자락을 흔들며 털다 그것도 모자란지 의자를 밟고 올라가 드럼 두드리듯 이 방 저 방의 장롱 위 먼지까지도 털어낸다.

손가락 발가락이 시린 바람이 불어오고 긴 시간 환기하고 나면 콧구멍이 뚫린 듯 상쾌한 기분이 든다. 창문을 닫자마자 우리는 이불을 끌어다 머리까지 처박고 들어가 몸을 녹인다. 아무리 옷을 껴입었다 해도 겨울 청소는 너무하다 싶을 정도로 춥다. 이불 속에 온몸을 처박고 눈만 내놓고 있으면 청소가 덜 끝났는지 아직도 부산스럽게 왔다 갔다 하는 엄마의 꽃무늬 누비버선만 보인다. 한바탕 청소를 하고 나면 흡족한 표정으로 언제나 같은 말을 한다.

"겨울에도 자주자주 환기를 해야 사람 입에서 나는 구린내가 빠져나가 건강해지는겨."

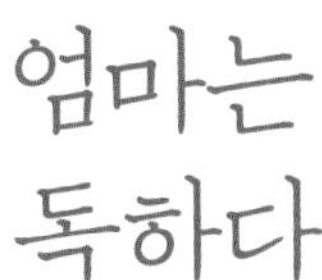

엄마는 독하다

갑자기 우리 집이 두 배로 넓어졌다. 집 주변 토지 구획이 정리되면서 집 옆에 붙은 도랑과 논두렁이 우리 집 소유가 되었기 때문이다. 물론 뒤에는 엄마의 활약이 있었다.

비가 많이 오는 장마철에 전화 한 통을 받은 엄마는 잔뜩 화가 나서 큰 소리로 노발대발 이놈 저놈을 하며 삿대질에 상욕까지 퍼붓는다. 전화로는 분이 안 풀린 것인지 "높은 놈 나오라고 해, 거기에 꼼짝 말고 있어, 내가 당장 가서 결판을 낼 테니까." 하고 꽥 소리를 치더니 파란색 목욕탕 슬리퍼를 신고 우산을 찾다가 집어치우고 후다닥 대문을 나선다.

비는 소나기처럼 오고 있는데 비바람이 몰아쳐도 고개를 숙이거나 긴치마 자락을 움켜쥐거나 하지 않고, 얼룩말 무늬 홈드레스를 철덕거리며 날아가듯 멀어진다. 걷다 말고 바닥에서 뭔가를 줍는 듯해서 자세히 보니 진흙 속에 빠진 슬리퍼를 주워 들고 맨발로 걷고 있다. 역시 엄마다. 싸움을 말리지는 못해도 엄마 옆에 있어야 할 것 같아 따라가 본다. 점점 거세지는 빗속에서 성난 엄마의 뒷모습은 너무나 당당해 아름답기까지 했다. 엄마가 화내는 모습은 여러 번 봤지만 장대비가 내리는 장마철에 우산도 안 쓰고 싸움질하러 가는 강도 높은 모습은 처음이다.

집 옆에 바짝 붙은 길쭉한 맹지와 도랑이 다른 사람에게 넘어간다는 소식을 들었던 것인데, 당시 부동산업을 하고 있던 엄마가 알기로 집 옆에 붙은 땅은 원래 그 땅과 가까운 사람에게 우선권이 있다고 한다. 슬리퍼를 양손에 쥐고 토지 구획 사무실로 들어가 담당자 테이블에 슬리퍼를 내리치며 어떤 놈이 일을 이따위로 처리하느냐고 고래고래 소리를 지르자 담당자는 슬금슬금 도망치듯 자리를 피했다.

퇴근해서 들어온 아빠는 좋다 싫다 하는 마땅한 표정 없이 "거기 담당하는 사람 내가 잘 아는 사람인디."하며 난감해한다. 아빠는 그 말을 하지 말았어야 했다. "뭐유? 아는 놈이 일을 그딴 식으로 해? 얼마나 우덜을 무시했으면 일을 그 지랄로 했대? 고상하게 있으면 그놈이 입에 밥숟가락을 넣어 준대유? 남편이 안 하니 내가 해야지, 왜 눈 뜨고 당해." 하며 담판을 지을 때까지 내일도 모레도 찾아가겠다고 한다. 당연하다. 그 후 두세 번은 더 찾아가 소리치고 달래고를 반복하더니 결국엔 일을 깨끗하게 마무리하고 그 땅을 차지했다.

엄마가 악다구니 아줌마가 되기까지는 아빠의 태도도 한몫을 한다. 담판을 지어 얻어낸, 어마어마하게 넓어진 마당은 엄마 아니면 아빠는 꿈도 못 꾼다. 땅 문제를 해결해 넓어진 정원을 그윽한 눈으로 보는 아빠의 얼굴을 보니 땅이 좋긴 좋은가 보다.

그 일이 있는 후로 엄마는 '성정동 독한 아줌마'로 소문이 났고, 머지않아 좁은 천안 바닥에 쫙 퍼졌다. 그 소문이 얼마나 돌았는지 택시를 타고 집 근처에 오는데 택시 기사님이 우리 집을 가르치며 "저 집에 사는 아줌마가 그 유명한 성정동 독한 아줌마"라고 귀띔해 주는데 웃음이 터졌다. 그 아줌마가 우리 엄마라고 말하고 싶지만 기사님이 미안해할 것 같아서 참았다.

부억

엄마의 부억은 정갈하다.
눈부신 행주
반짝이는 냄비

밥통을 열어본다.
흰쌀밥이 동그랗게 모여 있다.

찬장을 열어본다.
접시와 밥공기가 반듯하게

냉장고를 열어본다.
김치, 오이지, 멸치가 가지런히

냄비뚜껑을 열어본다.
빨간 닭발이 발가락을 나란히

엄마의 부억은 정갈하다.

이강의 호시절

이야기 둘
지금도 침이 고이는
엄마표 밥상

김밥

김밥을 보면 소풍 가는 날 새벽에 김밥 싸던 엄마의 뒷모습이 생각난다. 밖은 아직도 깜깜한데 소리 없이 어느새 일어난 것일까? 새벽잠을 깨우는 진한 참기름 냄새가 집 안에 가득하다. 아침잠이 많은 우리 남매도 이날만큼은 누가 흔들어 깨우거나 소리치지 않아도 참기름 향에 이끌려 아침 일찍 동시에 눈을 뜬다. 눈을 뜨자마자 누구라고 할 것도 없이 잠이 덜 깬 눈으로 엄마 곁에 조르르 모여 앉아 김밥 싸는 엄마의 손놀림을 구경하는데, 그 어떤 TV 프로그램이나 영화보다 재밌다.

양푼에 하얀 쌀밥을 가득 담고 그 위에 맛소금과 깨소금을 술술

뿌린 다음 마무리로 참기름을 두 바퀴 반 돌린다. 김이 모락거리는 흰쌀밥을 살살 섞어가며 김을 뺄 때 몰래 먹는 맨밥도 어찌나 맛이 좋은지 꿀을 넣은 밥이라도 명함을 못 내밀 정도다. 언제부터 일어나 준비를 했는지 쟁반 위에는 김밥 안에 넣을 재료들이 색색별로 수북수북 담겨 있다. 하얗고 통통한 엄마의 손끝에서 참기름 향이 똑똑 떨어지고 김밥은 반들반들 윤이 나게 말려 나온다.

깨소금이 총총히 박힌 쫀득거리는 흰쌀밥 위로 단무지, 달걀, 당근, 시금치, 소시지가 가지런히 놓이고 두툼한 엄마의 손이 강아지 쓰다듬듯 여러 번 쓰다듬다가 김발이 터질 정도로 꾹꾹 눌러댄다. 김발 양 옆구리로 튀어나온 밥알 한 톨도 놓칠세라 중간중간 눌러 넣고 몇 번을 꼭꼭 말아 돌리는지 김발이 찢어질 듯 벌어지다 오므라들기를 반복한다. 걱정도 잠시, 김발을 스르르 풀어 놓으면 까실거리던 마른 김이 반지르르 윤기가 도는 김밥으로 변신해 두르르 굴러 나오는데 세상 먹음직스러워 보인다. 유달리 깨소금과 참기름 향이 진한 엄마의 김밥은 세상에서 제일 맛있는 음식 중에 일등이다. 손이 컸던 엄마는 먹성 좋은 우리 남매를 위해 팔뚝처럼 두툼한 김밥을 싼다.

김밥 싸는 구경을 하는 날은 재수 좋은 날이라서 세수하는 시간도 까먹다가 엄마의 재촉으로 잠깐 고양이세수라도 하고 오면 벌써 둥근 쟁반 가득 산처럼 높이 김밥이 쌓여 있다. 한입에 들어가기 힘들 정도의 커다란 김밥. 소풍 가는 날에만 유일하게 먹을 수 있던 김밥이 휘청거리는 일회용 나무 도시락에 꽉꽉 채워지고 손수건으로 묶어 크기별로 나란히 놓인다. 소풍 가방 속에 들어 있는 김밥을 생각하면 소풍이고 나발이고 아무 곳에나 쭈그려 앉아 김밥만 먹어도 더 바랄 게 없다.

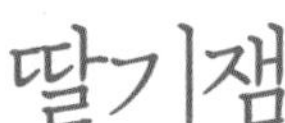

딸기잼

동네 어귀에서 첫 번째 집인 백 교장님 댁 담벼락을 돌자마자 달짝지근한 냄새가 난다. 혹시나 우리 집에서 나는 냄새일까? 어디선가 맡아본 낯익은 냄새가 바람 방향 때문인지 진하게 흐리게 나며 사람을 들뜨게 만든다. 열 발자국쯤 지났을까, 아니 그보다 훨씬 더 지났을까. 깔끔한 파란색 대문의 두 번째 집, 육 선생님 댁을 지나자 냄새가 점점 강해진다. 가까이 갈수록 이 냄새가 뭔지 확실해지자 우리 집에서 나길 간절히 바라며 냄새를 따라 살금살금 걷고 있다. 아직은 우리 집이라고 단정할 수 없다.

우리 동네 아줌마들은 한집에서 보리쌀을 사면 단체로 사들이고,

포도주를 담그면 또 우르르 따라 하는 것이 특징인지라 이 집 저 집 모두 비슷한 음식 냄새가 나기 일쑤다. 어느 날은 우리 집 불고기 냄새라고 백 퍼센트 확신하고 룰루랄라 춤추며 들어갔다가 아침에 먹었던 반찬이 그대로 차려진 것을 보고 사기당한 기분이 들었다. 냄새가 어찌나 똑같던지 뒤늦게 옆집에서 나는 냄새라는 것을 알고 입에 침만 고이다가 말았다.

대문 앞에 서서 냄새를 맡아본다. 아는 냄새다. 마당에 들어서니 달큼한 냄새가 집 안에 가득하다. 커다란 냄비 속에서 부글부글 푹푹 딸기잼이 끓고 있다. 단내와 딸기 향이 뒤범벅돼 공기 중에 두둥두둥 뭉쳐 다니고, 엄마는 잔뜩 헝클어진 머리를 한 채 마당 끝에 쪼그려 앉아 커다란 냄비에 얼굴을 처박고 국자로 젓고 있다. 머리 모양을 보니 아침부터 한참을 씨름한 듯 보인다.

"우아! 우아!" 책가방을 집어 던지고 손뼉을 치며 엄마를 위해 한바탕 개다리 춤을 춘다. 빨리 냄비 속을 확인하고 싶어 딸기잼용으로 사용하는 모가지가 긴 국자를 빼앗아 들고 엄마가 하던 대로 빙글빙글 젓는다. 동글동글 예쁜 딸기는 온데간데없고 시컴시컴해진 딸기가 끓고 있다. 크다 싶은 덩어리 딸기가 보이면 국자로 건져 입천장이 데지 않게 조심조심 먹어본다. 달고 따스한 딸기 맛. 딸기인지 잼인지 구분이 안 가는 맛에 빠져 몇 개를 더 건져 먹고 손잡이가 긴 국자로 바닥에 눌어붙지 않게, 팔목에 튀지 않게, 냄비 밖으로 흐르지 않게 이쪽저쪽을 살펴가며 젓다 보면 어느새 되직하게 변해 간다. 그럴수록 붉은색의 딸기는 검은빛으로 변해 가고 내 손도 점점 끈적인다. 손가락 장난에 재미가 붙어 검지와 중지를 붙였다 뗐다, 국자에 손을 붙었다 뗐다를 반복하며 손가락이 얼마나 끈적이는지 실험한다. 덩어리 딸기라도 발견하면 냄비 벽에 으깨어 넣고, 틈틈이 국자로 딸기잼을 떠서 흘려보면서 농도를 살핀다. 딸기잼이 바닥에 눌어붙었는지 엿 고는 듯한 탄 냄새가 난다. 얼른 정신을 차리고 바닥까지 긁어가며 휘휘 젓는다. 손가락이고 팔이고 얼굴이고 온몸이 끈적인다.

엄마는 딸기잼을 다양한 크기의 유리병에 가득가득 담아서 옥상 계단에 나란히 놓아 식힌다. 방금 만든 여러 병의 딸기잼을 보면 이삼일 안에 먹어 치울 수 있을 듯이 적어 보이는데 꼭 한두 병은 남아돌아 뚜껑 부분에 하얀 곰팡이가 생기는 걸 여러 번 봤다. 커다란 식빵에 따스한 딸기잼을 무겁도록 왕창 발라 쁘득쁘득 딸기 씨를 씹어가며 먹는다. 따스한 딸기잼은 차가운 딸기잼만은 못하지만, 기다리지 못하고 딸기잼을 욕심껏 바른 묵직한 식빵을 양손에 하나씩 들고 단내 가득한 옥상을 지나 앞마당, 수돗가, 대문 앞, 큰 옥상을 돌며 춤을 춘다.

수박미숫가루

도기다시(돌 따위를 갈고 닦아서 윤을 내는 일) 돌이 깔린 앞뜰은 한여름이면 보일러를 켠 것처럼 뜨끈뜨끈하다. 그럴 때면 동생과 나는 앞뜰에 물을 뿌리고 미끄럼 놀이를 한다. 엉덩이로 배로 등으로 빙글빙글 돌고 밀며 노는데, 물이 뿌려진 돌바닥은 살이 쓸려도 따갑지 않을 정도로 매끄러워 여름이면 방바닥에서 노는 시간보다 앞뜰의 돌바닥에서 해 질 때까지 붙어산다. 엄마가 안 계시는 날이면 눈치 안 보고 앞뜰이건 잡초가 올라온 울퉁불퉁한 대문 앞 보도블록이건 상관없이 방바닥인 양 뒹굴거리며 시간을 보낸다.

엄마가 눕지 말라는 곳에 누워보면 새로운 경험을 하게 된다. 가렁 하늘이 보인다거나 돌아누울 때 풀이나 야생화가 귀를 건드린다거나 팔꿈치에 이끼가 스친다. 낮게 누워 풀잎 사이를 올려다보면 작은 벌레의 시각에서 세상을 바라보는 느낌이 들어 작은 풀잎과 꽃길 사이가 어찌나 마음에 드는지 벌레가 되어 길을 걷고 꽃잎 사이에 올라 앉아 흔들흔들 그네를 타고 꽃잎을 이불 삼아 덮어보다 잎사귀에 미끄럼을 타본다. 흙바닥에 누워 풀잎 사이를 올려다보는 시간에는 벌레와 하나가 된다. 물놀이를 하다가 마당에 누워 낮잠을 잔다. 한낮에 볕으로 따스하게 달구어진 매끈거리는 돌바닥이 있는 앞뜰은 방바닥보다 촉감이 좋다.

앞뜰과 오른쪽 모퉁이에 이어진 수돗가에는 크기가 다른 세 개의 빨간색 다라이가 놓여 있다. 하나는 땅콩 모양에 높이는 허리까지 오는 커다란 다라이로, 물을 가득 담아 한낮 동안 햇볕에 달구면 미지근해져 저녁나절에 우리 남매의 목욕물로 쓸 수 있다. 그보다 중간 크기의 다라이는 물을 받아 수박이나 참외를 담가놓거나, 채소를 씻을 때 쓴다. 마지막으로 가장 작은 다라이는 빨래나 걸레를 빨 때 쓴다. 눈조차 제대로 뜨기 힘든 한낮, 다라이 옆에 쪼그려 앉아 인형 머리를 감기던 동생의 정수리는 동그란 모양의 왕관을 쓴 것처럼 반짝반짝 빛이 난다.

엄마는 두 번째 다라이 속에 둥둥 떠 있는 수박을 안고 부엌으로 들어간다. 한참 후 양은 쟁반 위에 순가락과 스테인리스 밥공기 몇 개, 커다란 양푼을 얹어 무겁게 들고 나온다. 한여름에만 먹을 수 있는 수박미숫가루다.

"와아! 와아!" 신이 난 동생들은 엄마가 좋아하는 개다리 춤과 원숭이 흉내를 내며 오두방정을 떨며 이리 구르고 저리 굴러 앞마당을 가로지른다. 빨간 수박이 걸쭉한 미숫가루 범벅으로 누릿누릿 색이 변해 있고 사이사이 얼음덩어리도 보인다. 수박만큼 얼음도 귀했기에 귀가 쨍하도록 차가운 얼음부터 입에 넣고 싶어 발을 동동 구른다. 스테인리스 밥공기의 표면에 맺히는 자잘한 물방울의 찬 기운에 등골부터 시원해진다.

설탕과 얼음을 듬뿍 넣어 달고 시원한 미숫가루는 한여름 땡볕 아래서 먹어야 제맛이다. 각자 한 공기씩 미숫가루를 들고 어떻게 하면 천천히 먹을까 궁리하며 얼음을 입에 넣었다 뺐다 작아지는 크기를 재가며 아쉬워한다. 잘 익은 빨간 수박은 입천장으로 으깨가며 먹고 수박씨는 엄마가 시키는 대로 파리가 꼬이지 않게 마당 가까이가 아니라 흙 부분까지 있는 힘껏 뱉어낸다. 달큼하고 걸쭉한 미숫가루의 덜 풀어진 덩어리라도 입안에서 터지면 재채기가 쏟아져 나오니 천천히 살펴가며 요령껏 먹어야 한다.

한 손에 수박미숫가루를 들고 맛을 음미하며 여러 가지 방법으로 먹는다. 수박미숫가루는 한 입 한 입 들어갈 때마다 맛이 다르다. 처음 맛은 신나는 달콤한 맛이고 그다음은 차가운 시원함이며 그다음에는 고소한 곡식의 배부른 맛이며 다음은 빨간 과즙의 맛이다.

어린 시절의 순수했던 마음이 여러 가지 맛을 느끼게 했고 풍요롭게 해주었던 것일까? 모든 것이 귀해서였을까? 지나간 것은 그저 좋아 보이는 것일까? 왜 그런지 지금은 그 맛이 안 난다.

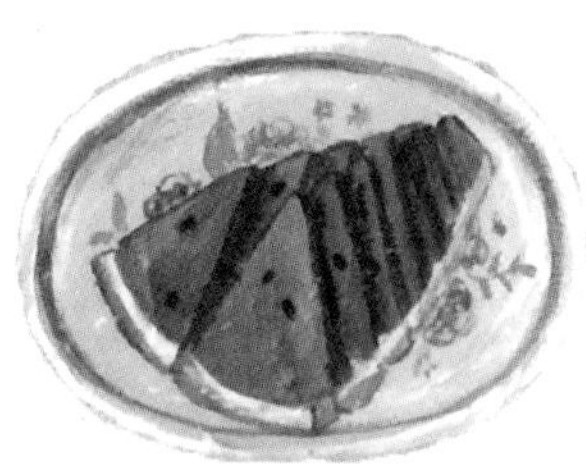

달걀말이

엄마 음식은 맛있다. 주변 사람들이 자주 하는 말이기도 하고 엄마도 그렇게 생각한다. 특징이라면 음식을 쉽게 다양하게 만들고 한 번에 어마어마한 양을 만든다는 것이다. 먹성 좋은 고만고만한 다섯 남매를 길러야 했기 때문이기도 하지만, 엄마도 밥숟가락 네 번이면 밥 한 공기 뚝딱할 정도로 먹성이 좋기 때문이기도 했다.

엄마의 달걀말이는 그 굵기가 장난이 아니다. 롤 케이크보다 더 굵으면 굵었지 절대로 가늘지 않다. 엄마의 달걀말이에는 가족의 건강을 생각한다는 명목 아래 잛게 저민 양파의 양이 달걀과 반반이다. 접시에 놓인 어른 팔뚝 굵기의 묵직한 달걀말이 속에는 양파가 울퉁불퉁 삐죽거리며 미어져 나오거나 달걀말이 속으로 미처 들어가지 못하고 볶아지기만 한 가늘게 채 썬 양파들이 접시 옆에 수북하다. 두툼한 달걀 속에서 모락거리는 김과 함께 달달한 양파 향이 올라오면 저절로 숨을 크게 들이쉬게 된다.

밥상

저녁상이 차려진다.
벌써 여러 번 밥 먹으라 소리치는 엄마
밥 먹을 때만 꾸물거리는 오빠와 남동생

배고파 죽겠다.
아무도 몰래
밥 위에 볼록 튀어나온
검정콩을 집어 먹는다.

하나를 먹는다.
두 개를 먹는다.
세 개를 먹는다.

도넛

엄마가 도넛을 만든 날, 도넛이라는 이름을 처음 알게 되었고 사방에 쌓인 그날의 도넛이 지금도 생생하다. 부침개나 만두, 시루떡, 술떡, 미숫가루, 닭발은 자주 먹는 간식이지만 그날은 뭔가 향기도 다르고 색감도 종전에 쓰던 밀가루 색과는 다른 먹음직스러운 개나리빛 반죽이다. 방바닥에 쟁반이며 소쿠리, 심지어 달력까지 넓게 깔고 칼국수 할 때 쓰던 밀대로 반죽을 밀어 낸다.

엄마는 평평해진 반죽을 늘어놓고 부엌 찬장이나 광을 들락날락거리며 이것저것 동그란 모양의 뚜껑을 찾아들고 반죽 위에 모양을 찍어본다. 주전자 뚜껑, 꿀 항아리 뚜껑, 인삼주 뚜껑 등으로 일일이 찍어보고 제자리에 놓고, 다시 들고 오기를 몇 번 반복하더니 작은 찻주전자 뚜껑을 선택했다. 찻주전자 뚜껑으로 촘촘히 꾹꾹 눌러 동그랗게 모양을 뜨고 도넛 가운데 작은 구멍은 집안 상비약인 '까스활명수' 뚜껑으로 눌러 뚫는다.

엄마는 반죽을 밀고 우리는 돌아가며 구멍을 뚫는데 처음에는 서로 한다며 밀치고 난리치다가도 나중에는 지루해져 너는 몇 개를 했니, 나는 몇 개를 했니 하며 꾀를 부리곤 했다. 엄마가 하는 일이 보기에는 쉬워 보이는데 막상 하려니 고생이 이만저만이 아니다. 동그란 도넛 반죽이 처음에는 방바닥을 가득 채우는가 싶더니 문지방을 넘어 거실까지 넘쳐난다. 아침 먹고 시작한 도넛 반죽이 햇빛에 힘이 빠질 때쯤에서야 완성됐다.

본격적인 튀김 작업으로 화로를 마당에 내다 놓고 튀김 냄비가 올라간다. 손 큰 엄마는 언제 다 먹으려고 사 왔는지 말 통에 담긴 하얀 비누 같은 쇼트닝을 국자로 뚝뚝 떼어 튀김 냄비에 '탁탁' 떨어 넣는다. 화로에 불을 붙이자마자 튀김 냄비 속 쇼트닝 덩어리가 빙글빙글 돌다가 녹으면서 투명한 기름이 된다. 그다음 기름이 끓으면 납작한 도넛 반죽을 기름이 튀지 않게 조심조심 넣는다. 반죽은 금세 다섯 배나 넘게 부푸는데 노르스름하게 색이 변하면 재빨리 뜰채로 건져 낸다. 기름기가 빠진 듯 싶으면 설탕이 담긴 양푼에 쏟아 몇 번 둥

글리면 설탕이 범벅이 된 진정한 도넛이 완성된다.

고소한 쇼트닝에 튀겨낸 도넛이 소쿠리에 가득가득 쌓인다. 엄마는 달고 폭신거리는 따스한 도넛 속의 노란빛은 달걀을 많이 넣어서 건강에도 좋고 맛도 좋은 것이라고 자랑을 하며 도넛을 반으로 쪼개가며 일일이 노란 빛깔을 보여준다. 손에 집히는 대로 먹을 수 있을 만큼 최대한으로 먹어서 배가 주저앉을 때쯤 방 안을 넘어 거실까지 가득했던 도넛이 다 튀겨졌다. 화로 주변의 엄마를 빙 돌아 집 안에 있던 소쿠리마다 도넛이 가득가득하다. 세상에서 가장 맛있는 도넛이 산더미처럼 쌓인 광경을 보니 더 바랄 것이 없다.

닭발

처음으로 매운 음식에 도전한 것이 닭발이다. 커다랗고 깊은 냄비에 나뭇가지 모양의 빨간 닭발을 분명 아침나절에 식구들이 한바탕 먹은 듯한데 아직도 가득했다. 약간은 혐오스런 모양새라 먹고 싶진 않았지만 출출한 저녁나절에 여기저기 열어봐도 먹을 것이라곤 이것뿐이니 용기를 내보기로 했다.

부엌 바닥에 닭발 냄비를 내려놓고 한참을 망설이다 동생 앞에서 시범적으로 작은 닭발을 골라 입에 넣어보니 생각보다 맵지 않고 단맛도 나고 쫄깃했다. 차갑게 식은 닭발은 서로서로 엉겨 붙어 젤리처럼 번들거렸고 뜨겁지 않아서 먹기에는 편했다. 첫 닭발은 먹을 줄을 몰라서 아이스크림처럼 빨아 먹다가 발가락 부분을 씹어 삼켜야 하는지 뱉어내야 하는지 입속에 모아진 뼛조각을 두고 알쏭달쏭했는데 한참을 먹다 보니 요령이 생겨 닭발은 가운데 볼록하게 살이 붙은 부분이 가장 맛이 있다며 동생과 닭발 먹는 순서를 서로 알려줘 가며 방법을 터득했다. 발가락 부분은 한꺼번에 입속에 왕창 넣고 알뜰하게 뼈를 뱉어가며 천천히 해부 작업에 몰입한다.

배부르게 한참을 먹고 나면 입 가장자리가 빨갛게 물이 들고 아리지만 이럴 때는 잠깐 일어나 팔딱거리며 몇 번 뛰고 나면 괜찮아지는 임마표 닭발! 이 맛있는 것을 못 먹었으면 얼마나 아쉬웠을까. 뭐든지 처음이 어렵지 일단 시도하고 나면 새롭게 늘어나는 인생의 경험치에 삶이 풍성해지고 새로운 것에 대한 두려움이 점점 적어진다는 것을 나는 닭발에서 깨달았다.

동치미

밭에서 갓 뽑아 흙이 더덕더덕한 무가 마당 옆 수돗가에 수북하게 쌓여 있다. 다리 밑 밭에서 가꾸던 무다. 외할머니가 틈틈이 다리 밑에 좁고 긴 꼬랑이 같은 밭을 일구고 가꿔 쪽파며 무, 배추 등 김장거리 채소를 거뒀다.

새벽에 아빠가 뽑아 놓고 출근하셨나 보다. 장딴지처럼 굵고 실한 무는 아니고 그럭저럭한 크기의 무다. 무보다 잎사귀가 하도 크고 싱싱해 잎사귀로 김치를 담그는 줄 알았는데 엄마는 동치미에는 잎보다는 무를 많이 쓴다고 한다. 뿌연 국물에 갓과 고추, 쪽파 가득한 시원한 동치미는 엄마의 주특기다. 동치미 국물에 흰쌀밥도 말아 먹고

무만 송송 채 썰어 고춧가루, 마늘, 들기름을 넣고 무치면 도시락 반찬으로도 손색없는, 한 마디로 만능 치트키다.

쌀쌀한 김장철이면 엄마는 융단 치마 안에 일바지까지 단단히 차려입고 쪼그려 앉아 무를 다듬다가 다리가 저리다며 신던 슬리퍼를 깔고 철퍼덕 앉아 다시 일을 한다. '쓰악쓰악' 무 껍질을 긁어낼 때마다 풍기는 알싸한 무 냄새가 코끝을 시원하게 한다. 엄마를 돕고도 싶고 옆에서 놀고도 싶어 쪽파를 다듬겠다고 선수 치지만 사실 쪽파 다듬기는 싫어하는 일 중에 하나다. 매운 것도 매운 것이지만 자잘한 쪽파 껍질이 자꾸 손끝에 붙어 흔들어도 떨어지지 않고 내롱거리는 것이 여간 걸리적거리는 것이 아니다. 또 대파처럼 크면 다듬을 때 쑥쑥 불어나는 재미라도 있지, 쪽파는 크기가 작고 가늘어서 아무리 까고 까도 불어나지 않으니 재미도 없고 손톱 밑에 흙이 껴 며칠 동안은 시꺼먼 때가 빠지지 않는다.

후다닥 무 다듬기를 끝낸 엄마는 쌩쌩한 잎사귀를 골라 짚으로 엮는 중이다. 어지럽게 쌓였던 무 잎사귀가 머리카락 땋듯 가지런히 모아진다. 겨우내 찬 바람이 드는 그늘에 말려 아빠가 좋아하는 시래깃국을 끓일 거라고 한다.

"엄마, 쓰레기를 아빠가 왜 먹어?" 알면서도 괜히 물어본다.

"쓰레기가 아니라 시래기, 시래기."

"이 많은 시래깃국을 아빠가 다 먹어?"

"시래기는 국도 만들고 나물도 만들고 찌개도 만들지. 너희들도 잘 먹잖아. 오늘 아침에 먹은 게 시래기야."

시래기 엮음이 다섯 줄 나왔다. 바람이 잘 들어오는 그늘에서 말려야 한다니 셋방 부엌으로 시래기를 옮겨야 하는데 보기에는 가벼워 보이지만 어깨에 메고 걸어도 휘청휘청, 땅에 끌려서 들고 갈 수가 없다. 바람이 잘 드는 부엌 서까래에 무거운 시래기를 묶는다. 묵직한 시래기가 바람에 힘겹게 치렁치렁 흔들릴 때마다 떨어질까 봐 천장을 다시 한번 살핀다.

수돗가에서 다듬은 무와 쪽파를 씻으려고 엄마는 광에서 빨간색 다라이 두 개를 둘둘 굴려 내온다. 차가운 물에 무를 씻는 엄마의 손이 빨개지고 흐르는 물에 엄마의 버선도 젖는다. 춥다고 감기 걸린다고 들어가라는 엄마의 말에 연신 고개를 끄덕이며 대답하지만 추운 날 차가운 물로 채소를 씻는 엄마가 감기에 걸릴 것 같아 냉큼 들어갈 생각이 안 난다. 물속에서 나온 무가 눈이 부시도록 하얗고, 물기 뚝뚝 떨어지는 쪽파도 싱싱해 보이는 것이 빳빳하게 살아난다. 그만하면 괜찮을 법도 한데 엄마는 힘들지도 않은지 여러 번 헹군다. 찬바람이 쌩하고 불어 쪽파 몇 개가 바닥으로 떨어져 얼른 주워 담는다. 이렇게라도 엄마를 도와주려고 지켜보고 있다. 커다란 소쿠리에 채소가 산더미처럼 수북이 쌓이고 엄마의 치맛자락은 젖어서 무겁게 축축 처진다.

저녁나절 수돗가에는 안 보이던 항아리가 나와 있고 수북하던 채소는 보이지 않는다. 벌써 동치미를 다 담갔나 보다.

무청을 엮어 겨우내 찬 바람이 드는 그늘에 말리면 맛있는 시래기가 된다.

이강의 호시절

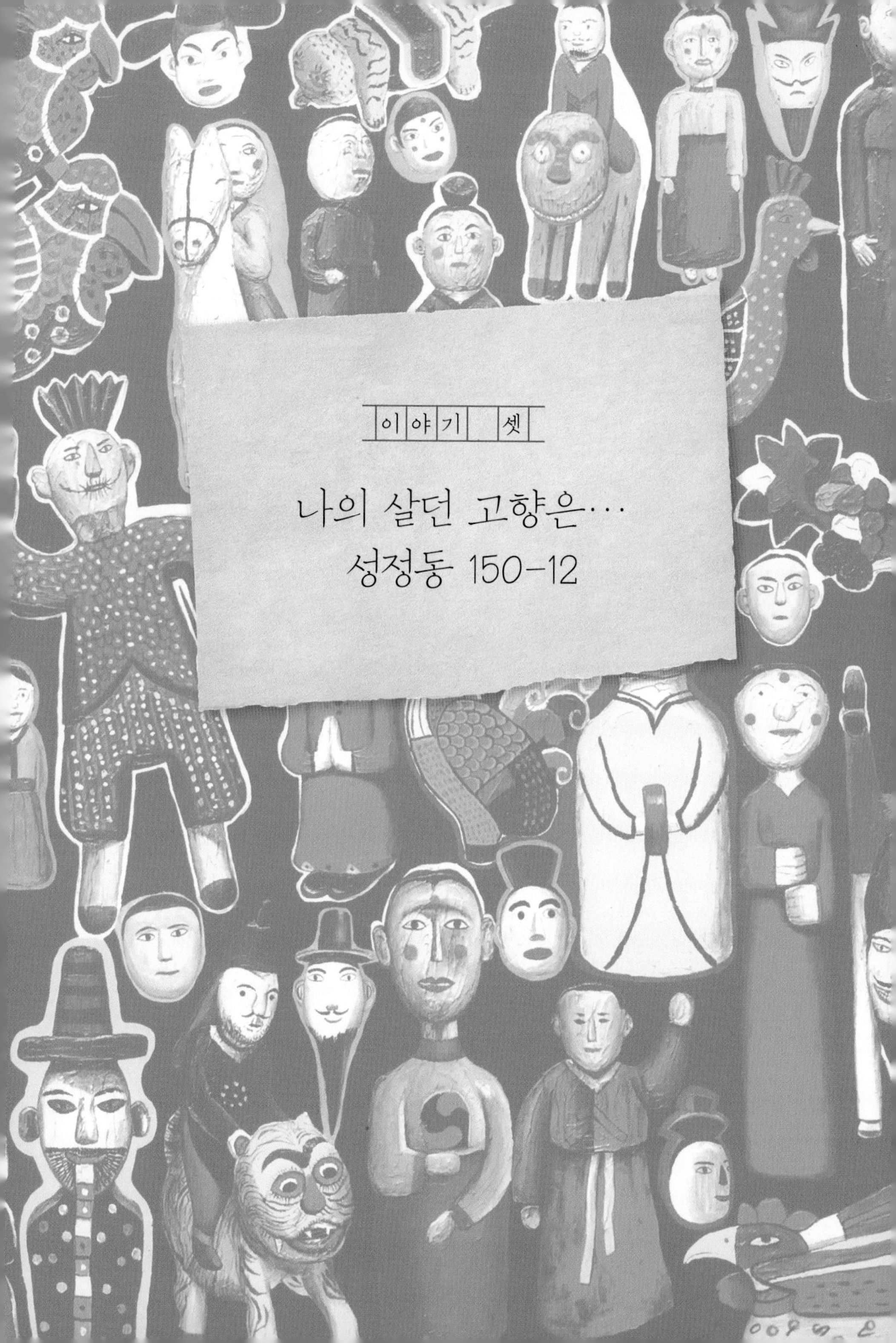

이야기 셋

나의 살던 고향은…
성정동 150-12

학교 앞 구멍가게

꼬질꼬질 먼지 뽀얀 선반 윗부분에 놓인 알 수 없는 물건과 천장에 대롱대롱 매달린 물건은 도대체 무엇일까? 몇십 년 묵은 먼지를 뒤집어써서 빛깔이며 형태를 잃어가는 물건들, 도통 알 수 없는 신비한 것들. 오랜만에 오면 저것들이 표시 안 나게 위치를 바꿔가며 자리하고 있다. 바쁜 주인아저씨는 아마도 눈치채지 못했을 것이다.

어둡고 요란한 학교 앞 구멍가게에 들어간다. 향기에 끌려 보니 지우개다. 마음먹고 지우개를 사러 오는 날이면 눌러도 보고 냄새도 맡아보고 여간 신중해지는 것이 아니다. 그냥 녹색도 아니고 반쯤 속이 보이는 반투명 녹색의 색감에 빠져 만졌다가도 사탕 냄새가 나는 핑크색 지우개에 손을 뻗는다. 바로 옆에 있는 파인애플 모양의 지우개를 발견하고는 또 그놈을 만지작거린다. 결국은 처음 손이 간 반투명 녹색 지우개를 골라 집으로 돌아와서는 파인애플 지우개가 다시 아른거려 후회한다.

학교 앞 구멍가게는 요술 재료를 파는 마법 상자. 천장에는 끈적끈적 노릇노릇 몇 년 동안 거기에 있었는지 가늠하기 힘든, 무엇인지 알 수 없는 온갖 것들이 걸려 있다. 자세히 보니 식용 색소, 베이킹파우더, 뉴슈가, 바닐라 향, 그 옆으로 진회색 먼지가 쌓인 전깃줄이 천장 여기저기를 가로지르고 있다. 어떤 것은 먼지 무게를 못 이겨 축 늘어져 있기도 하다.

안쪽 구석은 어두워서 무엇이 있는지 보이지도 않는다. 작년 운동회에 쓰던 곤봉, 훌라후프, 청군 백군 머리띠도 있고 이것저것 마구잡이로 쌓여 있는 것을 보니 주인아저씨는 정리 정돈에 재주가 없는 게 분명하다. 가게 안으로 연결된 여러 개의 출입문에는 빠짐없이 빼빼 마른 북어에 흰색 명주실이 칭칭 감겨 걸려 있고 손바닥만 한 노란 부적이 여러 개 붙어 있는 것을 보니 아저씨도 엄마처럼 미신을 좋아하거나 부자가 되고 싶은가 보다.

쪽문 뒤 모퉁이에서 들리는 잉잉거리는 전자음 소리를 따라가 보니 4개의 작은 오락기계에 쪼그려 앉아 알록거리는 조명을 받으며 오락에 열중하는 남자애들이 보인다. 어두운 구석에서 비치는 다채로운 조명에 끌려 구경하는데 남자애들 손이 겁나게 빠른 것이 밥 먹고 이 짓만 했나 보다. 손기술 보는 게 화면 보는 것보다 재미가 있다.

안쪽은 문구류 코너다. 공책이나 지우개, 연필, 도화지가 정리되어 있고 밖에는 아이들을 홀리는 유리구슬, 딱지, 종이인형, 뽑기에 쫀득이, 눈깔사탕 등 불량식품이 수두룩하다. 무지갯빛 바탕에 숫자가 그려진 쫀득이와 주황색 줄줄이, 갈라 먹는 쫀득이를 연탄불에 구워 아껴가며 뜯어 먹는다. 꿀이 들어 있는 말랑말랑한 쫀득이도, 설탕이 반짝반짝 박혀 있는 눈깔사탕도 먹고 싶다. 학교 앞 구멍가게 아저씨는 얼마나 좋을까?

문구점을 겸하고 있는 학교 앞 구멍가게에는 갖고 싶은 것이 천지다.
학교 앞 구멍가게 아저씨는 얼마나 좋을까?

개 그리고 고양이

엄마는 우리 집은 '개가 안되는 집'이라고 했다. 많은 개를 키워봤지만 오래오래 제 명대로 살았던 개는 없고, 강아지를 낳아서 올망졸망 놀아본 적이 한 번 있을까 말까 하다. 개가 없어지면 찾을 생각도 안 하고 며칠 지나서 아빠가 강아지를 얻어 오거나 외할머니가 외갓집 동네에서 가져오거나 했다. 뽀삐, 해피, 흰둥이, 누렁이, 검둥이, 달타냥, 바둑이, 발발이 등 이름도 종류도 다양했고 많기도 했다.

개를 특별히 좋아해서 그런 것은 아니고 좀도둑이 들끓던 때라서 밤에 담 넘어오는 도둑을 지키라고 마당에 목줄을 채우지 않고 키웠다. 깔끔한 엄마는 개똥 하나 안 보이게 땅에 묻고 아빠는 개밥이며 개집이며 살뜰하게 챙겼지만 풀어 놓고 키워서인지 오래오래 살지 못하고 없어진다. 정이 들 만하면 없어져 버려 서운했고 곧바로 데려오는 강아지를 안고 마음을 달래곤 했다. 한번은 사고로 죽었다는 말을 들었고, 쥐약을 먹었다는 말과 개장수가 동네 한 바퀴를 돌았다는 말도 있고, 개와 헤어진 사연도 많다.

그중 기억에 남는 개는 '달타냥'.

셰퍼드 종이라 주둥이가 길고 쫑긋 선 귀가 맹견처럼 인상이 남달랐다. 그동안 키운 개들에게서 풍기던 귀여운 이미지와는 달라 유난히 관심을 받고 자란 달타냥은 커가면서 이상하게 변했다. TV에서 본 길고 잘빠진 다리와 근육질의 크고 탄탄한 몸을 가진 셰퍼드와는 달리 짧은 다리에 털은 길고 대가리만 컸다. 차라리 얼굴이 평범하면 괜찮을 텐데 얼굴만 고급이라서 앉아 있을 땐 그럭저럭 봐줄 만한데 일어나기라도 하면 괜히 민망해진다.

더 가관인 것은 용맹스러워 보이는 얼굴과는 안 어울리게 천둥소리나 헬리콥터 소리가 나면 언제 들어왔는지 피아노 의자 밑이나 거실 소파, 탁자 사이에 숨어 바들바들 떨고 있는 것이다. 긴 털은 의자 사이 여기저기 덩어리씩 뽑혀 있고 침을 질질 흘려가며 겁먹은 눈으로 떨고 있는 모습을 보면 웃기기도 하고 불쌍하기도 했다. 강아지 때는 몰랐는데 성견이 되고 나서부터 겁이 많아져 큰 소리만 나면 귀신처럼 방에 먼저 들어와 숨어 있다. 개코 엄마는 어디서 이렇게 개 냄새가 나냐며 피아노 의자 밑에 숨어 있는 달타냥을 보고 기절초풍을 했다. 유난히 헬리콥터가 자주 날던 그때 하필이면 달타냥이 우리 집에 들어와 마음고생을 많이도 했다. 방으로 들어오지 못하는 날에는 샛방 부엌 창고에 쌓아놓은 비닐하우스 묶음이나 정부미 자루 묶음 속으로 대가리만 처박고 숨어 있다가 잠이 들어버리기도 하는데, 이런 모습이 귀여워서 많이도 예뻐했다.

두 번째로 기억나는 개는 외갓집 농장에서 얻어 온, 진돗개와 풍산개 사이에서 태어난 총명한 강아지 흰둥이다. 어찌나 영리한지 똥은 반드시 나가서 누고 대문이 잠겨 있으면 앞다리를 번쩍 들어 눌러서 열고 밖으로 나간다. 자주 오는 사람이나 가족과 웃으면서 대화하는 사람에게는 짖는 법이 없으나 옷차림이 이상한 남자에게는 이빨을 드러내며 으르렁거리는데 흰둥이의 평소 모습이 아니다.

어느 날 마실 온 아줌마들이 큰일 났다며 아랫집 백 교장님 댁과 보건소장님 댁에 도둑이 들어서 장롱 속이며 집 안 구석구석을 온통 뒤집어 놓고, 지연이네에는 사람이 없는 줄 알고 거실까지 들어왔다가 주방에 있던 아줌마를 보더니 도망갔다는 이야기를 들려준다. 도둑이 한번 들면 동네를 몇 번 와서 살피는 것이며 도둑을 안 맞은 집은 다시 찾아 들어간다고 한다. 대낮에도 낯선 사람이 돌아다니면 살피고 문단속 잘하라고 수군수군하는 아줌마들의 말만 들어도 소름끼치고 무서웠다. 엄마는 잘 다니던 마실도 자제하고 우리에게도 대문 좀 닫고 다니라고 신신당부한다.

며칠이 지나 다들 자는 밤에 늦게까지 버티다가 막 자려고 불을 껐는데 '쿵' 하고 둔탁한 무게의 뭔가가 땅에 떨어지는 소리가 들린다. 이 소리는 분명 오빠가 담을 넘을 때 냈던 바닥이 울리는 소리다. 멀쩡한 대문 두고 괜히 담을 넘어 다니는 오빠 때문에 자주 듣던 낯익은 소리에 귀가 번쩍 뜨인다. 분명 정확하게 들었다.

쿵 소리가 나자마자 흰둥이가 찢어지는 소리로 짖기 시작하고 이빨을 드러낼 때 나는 "으르렁 쓰쓰" 하는 소리가 동시에 들린다. 가슴이 쿵쾅거리고 소름이 돋는다. 누워서 개 짖는 방향으로 소리만 듣자니 답답해 살그머니 방문을 열고 수영을 하듯 바닥을 기어서 거실로 향했다. 소파 사이로 기어 들어가 떨리는 손으로 거실 창문을 한 뼘 정도 소리 안 나게 조심조심 열고 평소에 오빠가 자주 넘던 쪽을 뚫어져라 쳐다봤다. 무섭고 두렵지만 일단은 눈으로 확인하고 싶었다. 어두워서 보이지도 않는다. 이렇게 안 보일 바에야 도둑이라도 들었으면 놀래줄 생각에 현관, 마당, 거실 불을 동시에 켰다 껐다 켰다 껐다를 반복하며 알고 있다는 표시를 주었다. 흰둥이도 조용하다. 거실 창문을 열고 왔다 갔다 하니 흰둥이가 거실 쪽으로 와서 창살 사이로 주둥이를 내민다. 도둑이든 누구든 흰둥이가 무서워서 도망갔나 보다. 흰둥이가 있으면 낮이나 밤이나 무서울 것이 없다.

가끔 우리 집에 오면 몇 달은 머물다 가는 외할머니가 오랜만에 오셨다. 이번에도 역시나 커다란 보따리를 머리에 이고 또 손에 들고 왔는데 들기름, 마른 나물, 깐 마늘, 고춧가루, 참깨, 애호박, 다양한 사탕이 가득 들어 있다.

그날은 특별하게 보따리 속에 고양이도 있었다. 보따리를 풀자마자 누런 인절미 같은 고양이가 나온다. 지난번에 오셨을 때 천장에서 쥐가 왔다 갔다 하는 소리를 듣고 고양이를 생각하셨나 보다. 밤이면 밤마다 천장에서 얼마나 쥐들이 왔다 갔다 하는지 떼로 몰려다니며 자기들끼리 싸우고 뒹굴고 해서 자다가 깨곤 했다. 우산으로 천장을 몇 번 때려주면 조용해졌지만 이런 일이 잦다 보니 우산 때문에 천장에 구멍이 나고 말았다. 그나저나 할머니는 어떻게 보따리에 고양이를 싸 올 생각을 했을까.

아기 고양이도 아니고 어른 고양이도 아닌 중간 크기의 고양이다. 예뻐해 주고 싶은 마음에 안으려고 다가가니 나오자마자 "학학" "키야오오옹 갸오옹" 소리를 내고 귀를 뒤로 제치더니 눈이며 얼굴까지 밀려갈 정도로 인상을 쓴다. 게다가 살짝 옆으로 휘어진 등으

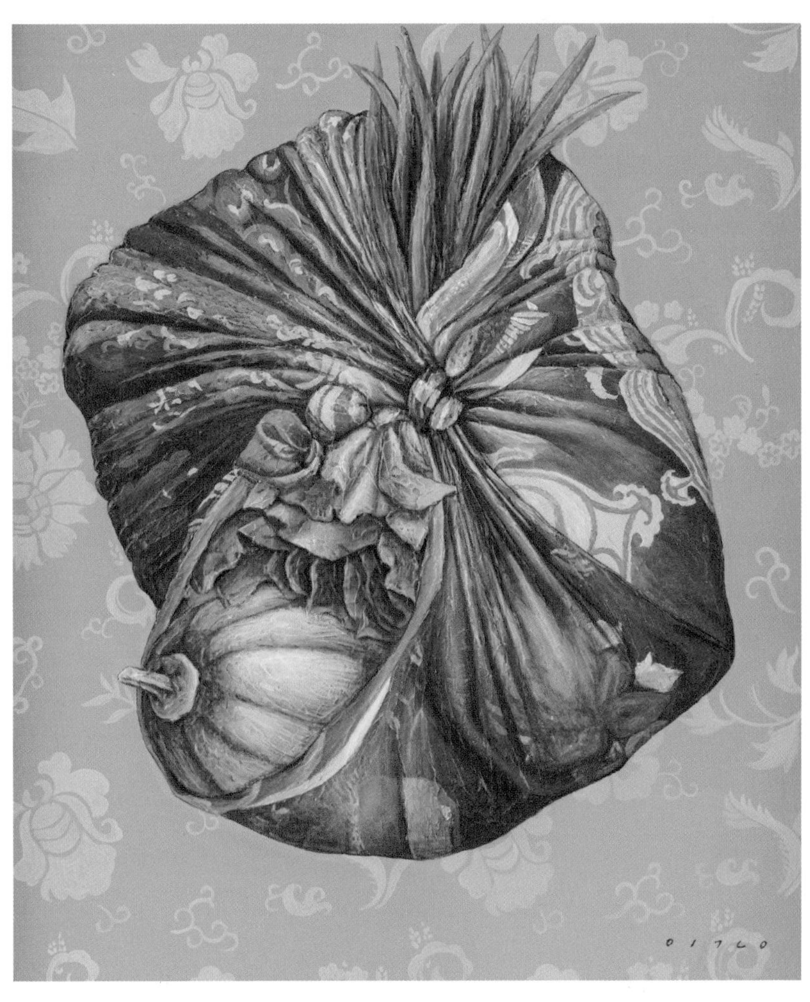

오늘은 할머니 보따리에 무엇이 들어 있을까?
가끔은 생각지도 못한 것이 튀어나오기도 한다. 고양이 '아나구이'처럼.

로 꼬리까지 채찍처럼 휘두르고 있는 자세가 금방이라도 달려들 듯 하니 좋아하던 마음이 싹 사라진다. 저렇게 지랄 맞은 고양이는 처음 본다. 할머니한테도 마찬가지다. 할머니가 한 손을 내밀며 달래듯 "아나구이 아나구이" 하고 고양이 이름을 백번을 불러봐야 소용없다. 지친 할머니도 자존심이 상했는지 재빠르게 고양이를 싸 들고 온 보자기로 덮어 집어 들더니 마당에 있는 빨래 삶는 큰 솥에 넣고 뚜껑을 닫는다.

"저렇게 독한 년은 처음 보네. 에이, 독한 년!" 하며 진짜로 화가 났는지 할머니는 인상을 쓰며 침을 뱉는다. 솥 안에서도 고양이는 기분이 안 풀렸는지 '학학' 거리며 성질을 부리고 그 탓에 냄비는 흔들흔들 요동을 친다. 할머니 외엔 만질 사람이 없다. 아침나절에 오신 할머니는 점심을 먹자마자 호미를 챙겨 들고 머리에 수건을 두르고 텃밭으로 간다.

얼마나 시간이 지났는지 친구네서 놀다 운동장에서 놀다 집에 돌아오니 갑자기 고양이 생각이 났다. 하루 종일 잊고 있던 고양이가 궁금해 솥을 발로 툭툭 쳐보니 아무런 반응이 없다. 무서웠지만 고양이가 도망을 갔는지 확인하고 싶어 살살 뚜껑을 열었는데 반응이 없어 좀 더 열어보니 고양이는 온몸이 흠뻑 젖어 누워 있었다. 누가 일부러 물을 뿌린 것처럼 젖어 있고 입은 반쯤 벌리고 있다.

손으로 건드리기에 무서워서 빨랫줄에 걸린 수건을 걷어 고양이를 건드려 보니 반응이 없다. 수건으로 감싸 안아 몸에 젖은 물기부터 닦아주고 얼굴을 닦아줬다. 생각보다 말라비틀어진 작은 고양이를 보니 눈물이 난다. 무섭게 '학학' 거리며 자기 근처에도 못 오게 털을 곤두세웠던 모습은 어디로 갔는지 축 처진 힘없는 모습에 급한 대로 벌어진 입에 물 한 방울을 떨어뜨렸더니 신기하게 입가를 핥는다. 몇 방울을 더 떨어뜨렸더니 눈을 떴다 감는다. 아까처럼 '학학' 거릴까 봐 무서웠지만 용기 내어 고양이 이마를 쓰다듬고 털을 쓰다듬어가며 한참을 지켜봤다.

한낮의 햇살로 따스하게 달구어진 앞뜰에 수건으로 감싼 고양이를 조심스럽게 눕히고 아침에 먹은 고기 국물에 밥을 말아 잔멸치를 조금 넣어 고양이 머리맡에 두고 왔다 갔다 하는 동안 고양이가 언제 일어났는지 밥을 먹고 있다. 멀찌감치 서서 보고 있으려니 괜히 눈물이 핑 돈다. 혹시나 하는 기대감에 작은 소리로 "아나구이" 하고 고양이 이름을 불렀더니 "야옹" 하면서 천천히 내게 다가왔다. 이 모습이 얼마나 신기하던지 이게 꿈인가 생시인가 싶다. 머리를 쓰다듬어도 가만히 있고 내 발등에 얼굴을 비비며 따라다니기까지 한다. 고맙다고 인사하는 것처럼 느껴진다. 때마침 할머니가 밭에서 돌아오셨다.

"할머니, 아나구이 나왔어."

"어라, 독한 년. 도망 안 가고 여적 집에 있네."

할머니가 고양이에게 다가가려 하자 고양이는 등을 세우며 처음에 그랬듯이 '학학' 댄다. 할머니는 깜짝 놀라 뒤로 물러나며 수건으로 고양이를 쫓으며 뭐라 뭐라 욕지거리를 한다.

아나구이는 가족 모두에게는 사납게 굴고 친해지기까지는 오래 걸렸지만 유독 나만 찾아 한동안은 어깨가 으쓱했다.

강아지와 고양이를 키우면서 많은 위로를 받고 사람에게서 찾지 못하는 사랑을 배운다. 개가 안되는 집이라던 엄마의 말이 가슴속에 상처처럼 다가와 소리 없이 사라지는 개를 문 앞에서 울며 기다리고 새롭게 들어오는 강아지를 보면 죽을 때까지 오래오래 같이 살자며 지켜주겠다고 약속한다. 목을 끌어안으면 내 귀와 볼을 핥으며 반가워하고, 잘못한 일을 혼내면 듣기 싫어서인지 딴청을 부리는 모습을 보며 사람과 똑같다는 것을 배운다. 고양이도 자기를 좋아하는 사람은 귀신처럼 알아보고 서열대로 따른다. 아빠는 아침에 화장실 가면서 개와 두런두런 대화를 하며 볼일을 보고, 나는 가족에게 말 못 할 고민이 있으면 개와 고양이와 마주 앉아 대화만 해도 기분이 풀린다.

사람에게서 느끼지 못하는 또 다른 감성을 찾아주는 개와 고양이는 내 친구이며 가족이다.

내 친구 인절미,
호박색 눈동자가 너무 예뻤던 우리 고양이.

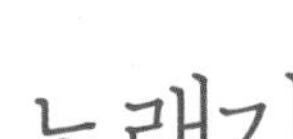

노래기

그해의 일은 아무리 생각해도 미스터리다. 한두 마리만 간간이 보이던 노래기가 하루가 멀다 하고 몇 배씩 늘어났다. 다리 많고 느릿느릿 걸어 다니는 모습도 징그러운데 색깔까지 짙은 붉은빛이라 딱 질색이다. 지네를 닮은 듯 돈벌레를 닮은 듯 싫어하는 벌레만 골고루 닮은 벌레가 다른 곳도 아닌 우리 집에, 자고 일어나면 여기저기 무더기로 나타난다. 움직일 때마다 여러 개의 다리가 스르르 스르르, 세상 징그럽다. 보기만 해도 소름이 돋는다.

아빠는 벌레 죽이는 약을 사 와 물과 희석해서 푸마끼(예전에 살충제 등을 담아 분사하던 용기)로 축축한 담벼락에 집중적으로 뿌린다. 커다란 통을 등에 멘 뒤 오른손으로는 대롱을 잡고, 왼손으로는 손잡이를 위아래로 올렸다 내렸다를 반복하며 약을 뿌려댄다. 그늘지고 축축한 벽에 더덕더덕 붙어 있는 노래기에게 약을 뿌릴수록 윤기만 반짝거린다. 아빠가 약을 줘봐야 몇 마리만 돌돌 말려 떨어질 뿐 꿈쩍 않고 붙어 있다. 떨어진 노래기도 그대로 두면 다음 날 어디로 갔는지 도망가고 없다. 약이 약한 것인지 노래기 등껍질이 단단하기 때문인지 사 온 약을 두 통이나 며칠 간격으로 뿌려봐야 죽은 노래기는 고작 몇 마리뿐 차라리 밟아 죽이는 양이 더 많다. 이번에는 가스불이 활활 나오는 토치를 사용해 불질을 하고 다닌다. 그것도 한계가 있다. 집 전체에 퍼진 노래기 숫자에 비해 턱없이 작은 토치 불은 장난감이다.

수업 끝나고 오는 길에 우리 집 옥상 난간을 보고 움찔했다. 우리 집이라고 말하기도 창피스러울 정도로 흉물스럽다. 노래기가 얼마나 붙었는지 하늘색 페인트를 칠한 난간이 검은빛으로 얼룩져 보이는 것이 곰팡이 생긴 집처럼 끔찍해 보였다.

엄마와 아빠는 대빗자루로 담이며 벽에 붙은 노래기를 쓸어 모아 불에 태운다. 노래기를 볼 때마다 발로 짓눌러 죽이는데 그때마다 노래기 몸에서 연기라도 나오는지 쏴하게 올라오는 것이 쓴 내가 날 정도로 역겹다. 하루하루 온 가족이 하는 일은 빗자루로 토치로 약으로 각자 하나씩 맡아서 노래기를 박멸하는 일이다. 집 뒤가 논이라 축축해서 그런 것은 아닌지 원인을 찾으려 했지만 논은 집을 지을 때부터 있었던 것이고, 바로 붙어 있는 옆집에서는 노래기를 한두 마리 찾아보기도 힘들다. 여섯 채의 집이 조르르 붙어 있는데 유일하게 우리 집에서만 노래기 전쟁이다.

방에 한두 마리씩 기어 다니는 노래기는 밖에서 보는 노래기보다 몇 배로 소름 끼친다. 아침에 자고 일어나 이불 속에서 느릿느릿 기어 나오는 노래기를 보면 함께 잔 것은 아닌지 소름 끼쳐 비명을 지른다.

엄마는 어디서 듣고 온 것인지 노래기가 페인트 냄새를 싫어한다며 페인트를 칠했는데 방금 페인트 칠한 곳으로 천연덕스럽게 기어 다니는 노래기는 천하무적이다. 아침마다 아빠는 마당을 쓰는 것이 아니라 노래기를 쓸어 태운다.

날이 갈수록 무뎌지는 것인지 가족들의 예민함이 사라질 때쯤 노래기도 서서히 사라졌다. 찬 바람이 불어서인지 한두 마리만 간신히 보이더니 더 이상은 안 보인다. 그해만 노래기 전쟁이었고 다음 해부터는 노래기가 보이지 않아서 천만다행이었다.

엄마는 이 일을 두고 노래기 때문에 큰일을 피해 갔다고 오히려 노래기가 액땜을 해줬다며 편을 든다. 온 가족이 매일 모여 한 가지 일에만 몰두하느라 크게 생길 나쁜 일을 피해 액땜을 했다고 하는데 맞는 말인 것 같기도 하고 아닌 것 같기도 했다. 그해에 몇 달 동안 가족이 오로지 한마음으로 자나 깨나 노래기 퇴치를 위해 상의하고 서로 돕고 같이 움직인 것은 사실이다. 아빠는 술도 덜 마시고 일찍 들어와 집 안을 살피고 엄마도 아줌마들과의 외출을 삼가고 우리도 놀이라 생각해 한편으로는 징그러웠지만 한편으로는 엄마 아빠와 같이한다는 것이 신이 나기도 했다.

힘든 일이 있다고 해도 지나 보면 힘든 일만은 아니었다. 배우는 것도 적지 않았고 해냈다는 자부심도 생겼다. 또 가족들이 모여 상의하는 과정에서 나도 가족에게 도움이 된다는 생각이 들어 기뻤고, 스스로 할 일을 찾아가는 자신의 모습을 발견하고는 뿌듯했으며, 가족의 소중함을 깨닫는 소중한 시간이었다는 것을 알게 되었다.

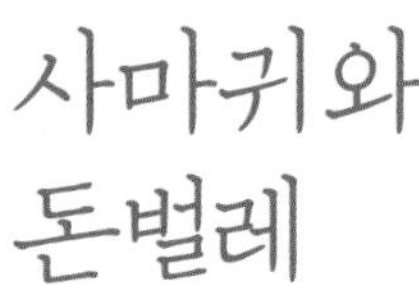

사마귀와 돈벌레

벌레에 대한 공포심을 가진 것은 초등학교 4학년 때부터였다. 반 친구 중 말 많은 친구가 사마귀는 사람에게 생긴 상처를 파먹고 산다고 했다. 주변에 사마귀가 있는지조차 모르고 살았는데 이 말을 듣고부터 사마귀가 얼마나 잘 보이던지……. 특히 초가을이 되면 사방에 깔린 사마귀 때문에 기겁을 하곤 했다.

걷기 좋은 초가을, 너무나 좋은 계절은 여기저기서 기어 나오는 사마귀 때문에 내겐 더 이상 좋은 계절일 수 없었다. 벌레를 보며 예민하게 반응하고 소리치는 사람을 보면 귀여운 척하는 것 같아 재수 없다고 생각하면서도, 사마귀만큼은 보자마자 등에서부터 퍼지는 소름이 척추를 타고 뒤통수까지 올라와 머리카락이 솟구치니 소리를 안 지를 수가 없다. 이 소름은 그냥 소름이 아니라, 참을 수 없는 공포의 전율이다.

다른 벌레와는 달리 사마귀를 자세히 보면 머리가 360도로 회전을 하고 어느 방향으로 날아가는지 알 수 없는 미치광이 날갯짓을 하기 때문에 피하기도 쉽지 않다. 자칫 방향을 잘못 잡기라도 하면 사마귀를 피한다는 것이 오히려 사마귀와 같은 방향으로 가 어느새 사마귀가 다리나 옷에 붙어버린다. 색도 얼마나 다양한지 풀잎에 앉아 있어도 분간하기 힘든 연녹색도 있고 지푸라기 같은 누런색에 심지어 검은색도 있다. 어느 색 구분 없이 사마귀는 몽땅 다 징그럽다.

웬만한 벌레 같으면 사람을 피해서 날아가든지 어쩌다 몸에 붙었다하더라도 자기가 놀라서 도망가는데 사마귀는 손으로 때려야 떨어지고 오히려 고개를 똑바로 쳐들고 톱날 같은 두 팔을 치켜들고 건들거리며 위협한다. 길을 가다가 바닥에 사마귀가 있으면 멀리 돌아가는 것이 차라리 뱃속 편하다.

돈벌레도 무서워하는 벌레 중 단연코 일등이다. 돈벌레는 갑자기 불쑥불쑥 나타나는 신출귀몰한 움직임이 두려움을 준다. 수없이 달린 가늘고 긴 발도 징그럽지만 빠른 발걸음에 맞춰 부채춤을 추듯 스르르 움직이는 발 모양 또한 장난이 아니다. 쉽게 죽지도 않고 살충

제를 뿌려도 움직일 수 있을 만큼 움직여 결국엔 장판 틈 구석으로 숨어드니 잡을 수가 없다. 손에 뭐라도 쥐고 있으면 그것이 무엇이든 간에 순간적으로 때려잡든 짓눌러 잡든 죽은 모습을 눈으로 직접 확인하지 않았다면 죽은 게 죽은 게 아니다. 운이 좋아 약으로 잡는다고 해도 죽기 직전까지 꿈틀거리며 몸을 비틀고 뒤틀고 하는 모습은 마치 날카로운 칼춤을 추며 오만 가지 저주를 퍼붓는 굿이라도 하듯 요란하기 짝이 없다.

엄마는 돈벌레가 생기면 부자 되고 또한 돈벌레가 집 안에 생기는 벌레를 없애준다며 잡지 않고 장롱 뒤로 들어가게 쫓아 버리지만 아무리 돈이 많이 생긴다고 해도 돈벌레와 한방에서 같이 잘 수는 없다. 자다가도 돈벌레를 보면 그날은 다시 잠들기는 포기해야 하는 날이다. 돈벌레에 대한 공포심이 생기니 자다가도 눈을 뜨면 돈벌레가 보이고 고개를 돌리면 돈벌레가 붙어 있는 것을 보는 신통력이 생겨 가족 중에 돈벌레를 가장 많이 발견하는 일인자가 됐다.

사마귀나 돈벌레에 대한 공포심을 없애보려고 벌레를 잘 잡는 친구를 찾아보려 했지만 돈벌레와 사마귀를 좋아하는 친구는 없다. 사슴벌레, 집게벌레, 땅강아지는 손으로 잡을 수 있고 큰 거미도 마음먹으면 손으로 살짝 건드려볼 수 있을 정도의 용기는 있지만 막상 사마귀와 돈벌레를 보면 비명과 몸부림이 동시에 터져 나온다.

지금 생각하면 어둡고 좁았던 내 방.
하지만 내 상상의 나래를 펼치기에 충분했고 너무나 아늑했다.

지하실

장마철에 두 번 정도 크게 물난리가 나서 지하실에 물이 찼던 걸로 기억한다. 흙탕물이 어디서부터 시작됐는지는 모르겠으나 대문 앞에 얕게 깔리는가 싶더니 순식간에 앞마당까지 차올라 좀 높다 싶은 계단 뜰까지 넘실넘실 올라오고 있다. 장맛비가 굵은 소나기처럼 반나절 동안 내렸다. 잡초들이며 클로버 꽃들이 빗줄기 기세에 눌려 바닥으로 꺾이고 옆에서 동생이 하는 말소리조차 들리지 않는다.

엄마와 아빠는 지하실로 통하는 환기구를 막아보려고 널빤지 같은 걸 찾아보지만 이미 물은 지하실 문턱 위로 차오르다 폭포수처럼 지하실로 쏟아진다. 그 상황에 살짝 겁이 났지만 멋지기도 했다. 앞뜰로 향한 넓은 처마도 소용없이 빗줄기에 머리가 금방 축축해진다. 집 안으로 들어가라는 다급한 엄마의 말에 구경하고 싶은 마음은 굴뚝같지만 계속 얼쩡거리다 불똥이 떨어질까 봐 방 안 창문으로 고개를 빼고 물 구경을 한다.

발목까지 차오른 마당의 물을 보니 놀고 싶어 죽겠다. 드디어 우리 집 마당으로 개울이 생기는구나. 개울이 생기면 물고기도 올갱이(다슬기의 방언)도 생기겠지 하는 기대감에 이왕이면 개울물에 자잘한 돌멩이가 많았으면 하고 동생과 손을 맞잡고 이 방 저 방을 방방 뛰며 신이 났다.

그 많던 물이 저녁나절이 되니 슬슬 빠지는 듯하더니 마당에는 얇게 진흙만 깔렸다. 하루도 안 돼서 이렇게 없어져 버리니 얼마나 아쉬웠는지. 엄마는 진흙을 쓸어내며 내일은 지하실에 찬 물을 온 가족이 퍼내야 한단다.

지하실에서 물을 퍼내는 날이다. 눈을 뜨자마자 지하실이 궁금해서 후다닥 달려 나가니 대야며 들통, 양동이 등 집 안의 통이라는 통은 모두 지하실 옆에 모여 있다. 세 계단 정도 내려가니 물이 보인다. 누전이 돼서 지하실 불은 나갔지만 낮이라서 지하실에 물이 어른 허리쯤까지 찬 것이 훤히 보였다. 슬리퍼, 화분, 비눗갑, 줄넘기며 나뭇가지와 풀뿌리도 둥실둥실 흔들리는 것이 다른 세상이다. 지하실에는 오빠가 운동한다며 갖다 놓은 아령이나 역기만 있을 뿐 휑하니 깨끗했는데 흙탕물도 아니고 희뿌연 물이 출렁출렁하니 물놀이 공원에라도 놀러 온 듯 흥분된다. 물놀이할 생각에 물을 몸에 적시려고 준비 자세를 취하자 똥물에서 뭔 짓 하냐고 우렁우렁 울리는 지하실 목소리로 엄마가 고함을 친다.

물이 빠지지 않고 계속 있으면, 아니 며칠만이라도 이대로 있으면 소원이 없겠다. 수영도 하고 튜브도 타고 물고기도 기르고, 또 커다란 종이배를 만들어 타고 놀 수 있다면 얼마나 좋을까.

물을 이대로 두고 싶지만 엄마 아빠는 계단 쪽에서 물 퍼내기에 바쁘다. 나란히 줄을 서서 물을 퍼서 전달하라고 위치를 정해 준다. 힘이 좋은 오빠와 아빠는 계단에 서서 물을 나르는데 쉬운 것 같으면서도 장난이 아니다. 배가 고파 밖으로 나오니 발가락이며 손가락이 둥둥 불어 쭈글쭈글하고 하얀색으로 변해 있다. 아침을 먹은 후 온 가족이 한바탕 더 퍼냈다. 아빠는 "그래도 너희들이 도와주니 빨리 끝나고 쉽네." 하며 웃는다. 어리다고 맨날 너희들은 몰라도 된다고 하더니만 오늘은 웬일인지 도움이 됐다고 하니 우쭐한 기분이 들었다.

스케이트

그해 겨울부터 스케이트를 어깨에 메고 다니는 사람이 간간이 눈에 뜨이더니 때맞춰 집 근처에 스케이트장이 생겼다. 스케이트장은 그냥 논바닥에 물만 대면 됐다. 스케이트라는 단어조차 모르던 참에 구경을 가보니 썰매도 아닌 날이 달린 신발은 신고 미끄러운 얼음판 위에 서서 한 발 한 발 미끄러져 가는 모습이 꽤나 우아해 보였다. 추운 줄도 모르고 넋을 놓고 바라본 스케이트는 신세계다.

무엇이든 사는 것 좋아하는 아빠는 스케이트에 대한 말도 꺼내지 않았는데 우리 마음을 들여다본다는 듯이 스케이트를 사 왔다. 다음 날 스케이트를 메고 오빠와 동생과 논바닥 스케이트장으로 향했다. 막상 얼음판에 올라가 스케이트를 신으려니 신는 법도 몰라 우물거리자 눈치 빠른 주인아저씨가 발등에 두어 번 감아 묶어준다. 발이 스케이트 날과 달라붙어 하나가 된다.

일어나고 싶은 용기가 생겨 슬슬 엉덩이를 들어 올리려고 하니 일어나지지 않는다. 주변을 두리번거려 보니 남들은 번쩍번쩍 잘도 일어나는데 내겐 일어나는 것도 큰일이다. 앞으로 일어나자니 발이 앞으로 밀리고 옆으로 일어나자니 팔이 짧아서 땅을 밀고 일어나기 힘들다. 별의별 짓을 해서 간신히 일어나니 차라리 앉아 있는 편이 좋았을 것을 하고 후회가 된다. 움직이지도 않았는데 가까이 사람이라도 오면 부딪칠까 겁이 나서 휘청거리다 넘어진다. 주인아저씨가 돌아다니며 아이들에게 스케이트 타는 법을 알려주고 있다. 우선 몸을 앞쪽으로 숙이고 발목을 안쪽 방향으로 잡아서 한 발을 뻗으라고 한다. 몸을 약간이라도 구부리니 넘어질 것 같은 불안감이 줄어들고 몇 발짝을 아저씨가 시키는 대로 걸어보니 신기하게도 알 듯 말 듯 요동치는 몸이 진정된다.

첫날은 몸 전체가 몽둥이로 얻어맞은 듯 뻐근하고 발목은 전기가 온 듯 찌릿거린다. 며칠이 지나자 하루하루 다르게 속도감이 붙는다. 오빠도 제법 멋을 부려가며 타는 모습을 보니 저게 우리 오빠가 맞나 의심이 갔다. 획획 바람소리를 내며 지나가다 보란 듯이 여유

부리며 툭툭 건드리는데 언제 저렇게 빨리 터득했는지 공부를 스케이트처럼 터득했으면 천재 소리를 들었을 것 같다.

그 후로 겨울이면 얼음판이 얼기 무섭게 스케이트를 타러 다녔고 얼음판 위에서 '쉬익쉬익' 얼음 갈리는 소리를 내며 누구보다 빨리 달렸다.

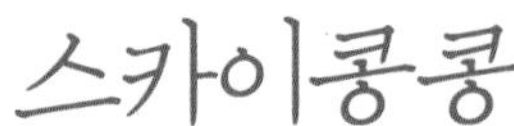

스카이콩콩

이름도 귀여운 스카이콩콩. 얼마나 갖고 싶었는지 밤마다 노래를 불렀더니 사는 거 좋아하는 아빠가 노란색과 빨간색 스카이콩콩을 양손에 들고 대문으로 들어온다. 너무 좋아서 아빠의 팔뚝을 물어버렸다.

스카이콩콩에 올라탄다. 한 발을 올려놓고 중심을 잡아 힘껏 바닥으로 누르는 듯하다가 재빨리 나머지 한 발을 올려 점프만 하면 된다. 점점 더 다양한 기술을 연마하기 위해 밥 먹을 때만 빼고 스카이 콩콩에서 내려오지 않는다. 고도의 기술을 구사하려면 많은 연습이 필요하며 배짱이 있어야만 한다. 그 결과로 공중에서 360도 회전도 할 수 있게 됐고 계단을 오르내리는 것은 일도 아니다. 비가 오는 날이면 한 손에 우산을 들고 탔고 축축한 땅에 스카이콩콩으로 발자국을 만들며 그리고 싶은 그림은 다 그렸다.

아침에 콩나물이나 두부 심부름을 갈 때도 스카이 콩콩을 타고 달린다. 집에 도착해 두부 봉지를 열어보니 두부는 부스러지고 금이 가고 깨져서 처참하다. 엄마한테 아침부터 일주일 동안 먹을 욕을 다 먹었다.

한번 빠지면 끝장을 보는 성격이 아마 스카이콩콩 이후로 생긴 것이 아닐까. 잘 때만 빼고 스카이콩콩에서 내려오는 법이 없었다. 무지막지하게 타고 다니다 보니 칠은 벗겨진 지 오래고 발판은 찌그러지고 스프링에선 "끼억 끼억" 소리가 났지만 나는 여전히 스카이콩콩을 타고 날아다녔다. 지금 생각해도 멋진 일이었다.

오빠의 토끼

원래 우리 집 정원은 동네에서 소문날 만큼 예쁜 꽃과 적당한 잔디밭, 자잘한 나무와 큰 나무가 조화를 이룬 멋진 풍경이었는데 시간이 지날수록 풀이나 꽃은 볼 수가 없고 키 작은 나무도 잎사귀 하나 없이 줄기만 앙상한 몰골이 되었다. 망할 놈의 토끼 때문이다. 아름답던 우리 집 정원은 초록빛이라고는 하나도 찾아볼 수 없고 볼록볼록 튀어나온 흙덩이와 흉하게 파인 구덩이만 보일 뿐이다. 구덩이 위에서는 토끼들의 싸움이 끝이 없다. 가관이다. 공중에서 회전하며 뒷발질로 가격하며 소리까지 질러대는데 하고한 날 쌈짓거리다. 동화책에서 봤던 선량하고 귀여운 토끼의 이미지는 몽땅 사라졌다.

처음 몇 마리였을 때는 토끼장에서 과일 껍질을 먹는 토끼의 입 모양에 반해 온종일 토끼 생각이 났는데, 토끼 수가 점점 많아지자 좁은 토끼장을 탈출해 마당 여기저기에 자기만의 집을 만들었다. 오빠는 토끼를 잡아 토끼장에 넣는 수고로움을 포기하고 마당에 풀어 놓고 키웠고 넓은 마당에서 점점 야생화한 토끼들은 기하급수적으로 늘어났다.

늘어나는 숫자에 비해서 마당에 잡초가 부족하자 토끼들은 나무타기를 시도하며 잎사귀를 모조리 먹어 치웠고 우리는 토끼들에게 풀을 뜯어 바치느라 지긋지긋하게 풀을 찾아다녔다. 이 문제의 제공자는 오빠다. 한두 마리를 키워 재미를 보더니 점점 욕심이 생겨 우리에게까지 하루의 할당량을 정해 주며 자루에 풀을 채워 오라 명령을 한다. 갖가지 술수를 써대며 집요하게 조르는데 당해 낼 장사가 없다.

막내를 제외하고 우리는 —한 번도 혼자 가는 법 없이— 매일 자루 하나씩을 어깨에 메고 아카시아 잎이 무성한 초등학교 뒷산으로 향한다. 집과 가까운 뒷담벼락에도 잡초가 무성해서 사람 들어가기 힘들 정도이니 이걸 낫으로 베다 주면 편한 일인 걸 굳이 아카시아 잎만 고집하는지, 자기가 먹을 것도 아닌데 보들거리는 아카시아 잎을 토끼가 좋아한다고 하루도 빠짐없이 사람을 귀찮게 한다.

아카시아는 줄기에 뾰족한 가시가 있어 조심해서 잎사귀만을 훑거나 따서 자루에 넣어야 하기 때문에 시간도 많이 걸리고 불편하기 그지없다. 더욱이 산 입구부터 초록의 향연을 펼치며 빽빽이 서 있기에 나무가 없어서 못 땄다는 핑계도 댈 수 없다.

아카시아 숲에 들어서면 초입부터 아카시아에서만 나는 특유의 향이 가득하다. 꽃이라도 만발하게 피는 날이면 꽃에서 나는 단내 때문에 향기가 머리카락에까지 배고 꽃이 지는 날에는 초록 잎에서 올라오는 초록 향이 소나무에서 나는 강렬한 초록 향과는 다르게 달큼한 향이 장난 아니다. 잎사귀보다 포도송이처럼 매달린 꽃에 빠져 상처 없는 꽃을 골라 흔들어본다. 포도라면 배를 채우기 위해 훑어 먹기라도 할 텐데 어쩜 그리도 향기만 달콤한지 단맛도 없이 밍밍하기만 하다.

'똑똑' 경쾌한 소리를 내며 아카시아 잎을 딴다. 하던 일을 멈추고 앉아서 미용실에서 파마 말듯 아카시아 줄기로 머리카락을 돌돌 말아 올려 낀다. 앞머리나 귀 부분의 머리를 가늘게 잡아 말아 올려야 꼬불꼬불 맘에 드는 곱슬머리가 나온다. 머리 장식 놀이가 끝나면 큰 가시를 모아 가시의 뾰족한 부분을 가시 뒷부분에 찔러 연결해서는 목걸이나 팔찌를 만든다. 가시 목걸이는 고도의 기술이 필요하기 때문에 한참을 공들여야 겨우 하나 만들까 말까이다. 아무짝에도 쓸모없는 날카로운 가시로 놀잇감을 만들 수 있다는 묘한 재미에 빠져 목걸이 만들기에 열중하지만 가시 목걸이 만들기는 쉬운 일이 아니다. 고생 끝에 완성한 가시 목걸이를 목에 걸고는 진주 목걸이라도 되는 듯 매만져가며 뿌듯해한다.

놀 만큼 놀다가 아카시아 잎을 따려고 하면 멀리서 오빠가 부른다. 얼마나 손이 빠른지 언제나 터질 듯이 울룩불룩한 오빠의 자루를 보면 토끼 주인은 역시 다르다. 아무것도 담겨 있지 않은 축 처진 자루를 보여줘도 오빠는 한 번도 뭐라 하지 않는다. 혼자 가기 싫어서 우리까지 데려가는 것이기 때문이다.

아카시아 잎을 좋아하는 토끼들은 자루를 들고 가면 어떻게 알았는지 굴속에서 한 마리씩 고개를 들고 나와 오빠가 자루 속의 잎을 쏟아주기를 착하게 기다린다. 아카시아 잎을 쏟아 두면 엄마 토끼가 새끼들을 줄줄이 데리고 나오기 때문에 보기 힘든 아기 토끼를 마음껏 볼 수 있는 이 시간을 우리 또한 숨죽여 기다린다. 어깨에 멘 자루를 풀어 군데군데 아카시아 잎을 수북하게 쏟아 놓으면 양손으로 풀을 잡고 먹는 토끼를 따라 동생과 아카시아 잎을 씹어본다. 맛있게도 먹는다.

작은 굴, 큰 굴, 새로운 굴속에 있던 토끼들이 몰려나오면 오빠는 토끼 수를 센다. 그때가 토끼 숫자를 정확하게 세는 유일한 시간이다. 세상에! 97마리다. 그런데 어느 날 큰 사건이 일어났다. 장마철에 비가 억수같이 왔는데 마당에 물이 차오르는 걸 모르고 밤새 자던 오빠는 아침에 대성통곡을 했다. 97마리의 토끼가 한 마리도 남김없이 모두 죽은 것이다. 아침에 오빠와 아빠가 토끼를 구해 보려고 이리 뛰고 저리 뛰며 굴을 뒤졌지만 어떻게 할 수가 없었다. 이미 마당은 물로 가득 차올라 한강이 되어버렸다. 그날 이후 오빠는 토끼를 키우지 않았고 아카시아 산에도 갈 일이 없었다. 나는 울지 않았다. 나는 토끼가 모두 도망갔을 것이라고 굳게 믿었다.

뽑기

뽑기는 운이 나쁘면 배보다 배꼽이 크다는 것을 어깨너머로 무수하게 봤기 때문에 거들떠보지도 않는데 이번에는 다르다. 왕관, 목걸이, 귀걸이가 1, 2, 3등 상품인 데다 이번 상품은 장난감이 아닌 영국 왕실에서 사용할 법한 고급스런 느낌이랄까! 그중에서 특히 2등 상품인 하얀색 진주 목걸이가 눈에 삼삼하다. 오가며 몇 번 시도했지만 그러면 그렇지 아무짝에도 쓸모없는 것들만 뽑힌다.

그날도 지나다가 진주 목걸이를 보면서 우물쭈물 망설이고 있는데 또래 아이가 뽑으려고 준비 중이다. 내가 뽑는 것도 아닌데 긴장되고 떨리는 마음에 바싹 붙어서 '제발 진주 목걸이는 나오지 말아라.' 하며 기도하고 있었다. 그런데 세상에, 그 아이가 나의 진주 목걸이를 뽑은 것이 아닌가! 어찌나 놀랐는지 '안 돼' 하며 소리를 지를 뻔했다. 나는 몇 번을 해도 뽑히지 않던 목걸이를 한 방에 뽑다니, 저 애는 운도 좋다. 내 목걸이를 빼앗기다니 이대로 포기할 수는 없다. 구멍가게는 많고 뽑기는 가게마다 있었다. 다음 날에도 가게로 달려가서 혹시나 하는 마음에 어제 그 아이가 뽑았던 자리를 선택했다. 야호! 내 생각이 맞았다. 그 자리는 어김없이 2등이다. 반들반들 윤기 나는 진주 목걸이를 목에 걸고 거울을 바라본다. 움직일 때마다 목 언저리에서 무거운 무게감이 느껴진다. 역시 좋은 진주는 무게도 다르고 크기도 다른가 보다. 나도 모르게 팔짝팔짝 뛰면서 이 방 저 방을 다니며 개다리 춤을 췄다. 문제는 동생이다. 갑자기 말도 안 하고 목걸이를 볼 때마다 눈을 내리까는 것이 영 신경이 쓰인다.

결국 다음 날에 또 다른 가게에서 진주 목걸이를 뽑아 동생에게 걸어주었다. 좋아서 들개 새끼처럼 날뛸 줄 알았는데 시큰둥한 것이다. 진주 목걸이가 갖고 싶어서 삐친 줄 알았는데 학교에서 친구와 안 좋은 일이 있었다고 한다. 괜히 돈 버리고 신경 쓰고 헛수고만 한 것이다. 이후로는 시시한 뽑기에 재미를 잃어 뽑기 쪽으로는 쳐다보지도 않았다.

장식장 한구석에는 나만의 보물 창고가 있다.
누르면 삑삑 소리가 나는 분홍 오뚝이 인형도 있고,
뽑기로 뽑은 진주 목걸이, 형형색색의 구슬도 서랍 속에 한가득 숨어 있다.

솜틀 공장

성정동 집 근처에는 솜틀 공장이 있다. 공장은 항상 모든 문이 열려 있었고 "털털털 털털털" 기계 소리가 나며 골목에까지 하얀 꼬부랑 먼지가 풀풀풀 날려 오가다 재채기를 할 수밖에 없었다. 소리만 들렸지 도대체 솜틀 공장이 뭐하는 곳인지 궁금하긴 했는데 엄마가 목화솜을 이고 지고 메고 솜틀 공장을 가자고 한다. 공장 내부를 볼 수 있는 기회다. 얼씨구나 하며 하던 일을 집어던지고 앞장섰다.

천장이 높은 시커먼 공장에는 달랑 아저씨 혼자 오른손에 긴 대나무를 들고 서 있었다. 순간 밀림 속의 타잔이 떠올랐다. 누런 메리야스는 구멍이 숭숭 뚫려 있고 눈만 반짝반짝.

공장치고는 너무 간단해 말문이 막힌다. 엄마랑 아저씨랑 뭐라 뭐라 말이 끝나기도 전에 아저씨는 멀찌감치 비키라고 거만하게 한쪽 손을 까딱까딱 흔들더니 대나무 끝으로 목화솜을 툭툭 친다. 무슨 공연을 시작하는 사람처럼 자세를 잡더니만 손 한 번 안 쓰고 목화솜을 대나무 끝으로 펼친다. 침대만 한 원통형 기계가 "탈탈탈" 돌자 두툼했던 솜이 얇디얇은 솜이 되어 나오고, 아저씨가 민첩하게 대나무를 휙휙 들어 올리고 밀고 쑤시고를 반복하니 얇은 솜이 구름처럼 높이높이 쌓였다. 목화솜은 얇은 거미줄처럼 되어 세 배로 부풀어 나온다. 묘기 수준이다. 콧구멍이 간질거리고 귀가 멍멍할 정도로 시끄러웠지만 재미가 기가 막힌다.

마지막까지 아저씨는 기대를 저버리지 않고 커다란 솜을 단지 대나무 하나로 돌돌 말아 손잡이까지 만들어 주었다. 절로 박수가 나왔다. 이 아저씨는 타잔이다.

크기는 세 배로 불어났고 무게는 훨씬 가벼워졌다며 좋아하는 엄마는 솜틀 공장에서 가져온 솜을 얼른 이불로 만든다며 평평하게 펴고 시침질을 하다가, 갑자기 이불을 보니 처음 시집왔을 때 이불이 생각난다며 생전 하지도 않던 신혼 이불에 대한 추억을 말한다.

엄마는 성남 면장집이자 방앗간집의 막내딸로 귀하게 자라다가 군청에 다니던 아빠를 중매로 소개받아 몇 번 만나고 결혼을 했다. 결혼식을 올리고 온양 현충사로 신혼여행을 다녀온 뒤 시댁인 천안 북면 할머니 댁에 가서 처음 잤던 날의 이야기이다. 아빠가 9남매의 장남으로 할머니에게는 첫 며느리인데, 여행 다녀와서 자는 날이니 이불을 새로 하셨는지 생각보다 깨끗했다고 했다.

엄마는 아빠와 건넌방에서 자는데 이상하게 바닥에 까는 요때기가 여기저기 뭉치고 배겨서 뒤척뒤척 자리 잡느라 밤새 힘들었다고 한다. 그래도 며칠은 자야 하기 때문에 왜 그런지 요때기를 살짝 뜯어 속을 살펴봤는데 솜은 찾아보기 힘들고 자잘한 천 쪼가리와 볏짚이 들어 있었다. 부잣집 막내딸로 자라 목화솜 이불과 요만 덮고 깔고 자다가 볏짚 요때기를 보고 기가 차서 놀라 자빠졌다고 한다.

보기에는 뽀얗고 깨끗한 이불이었는데, 깜짝 놀라서 가족들이 자는 방을 살그머니 열어보니 요도 깔지 않고 할머니와 할아버지, 8남매가 같은 이불 하나만 덮고 목만 내놓고 자고 있었다. 이렇게 어려운 집안인지도 모르고 그저 군청 직원이라는 말에 시집을 왔는데 이 모습을 보고 나니 속아서 결혼했구나 생각이 들어 도망을 칠까 말까 망설였다고 한다. 엄마에게는 속상한 볏짚 이불이지만 볏짚이나마 넣고 어려운 살림살이에 바느질까지 해야 했던 할머니 마음을 생각하니 마음 한구석이 짠했다. 없는 살림에 새 식구를 맞아 이불 준비를 해야 하는 할머니의 마음은 어땠을까.

이런저런 억울한 엄마의 결혼 생활 얘기를 들으면서 이불 시침질은 끝이 났다. 새 이불은 덮었는지 안 덮었는지 모를 정도로 가볍고 한없이 포근했고, 요는 누워보니 얼마나 폭신한지 구름 위에 올라앉은 듯했다.

삼천리연탄
불조심
배달

연탄 가게

눈을 감으면 스치듯 지나가는 성정동 집

동네를 돌던 숨소리
손에 잡힐 듯 말 듯
어제 일처럼 되살아난다.

잊지 말아야지,
잊지 말아야지.

이강의 호시절

이야기 넷
우리 집
나무들

앵두나무

향나무 뒤에 새로 구해 온 앵두나무를 심었다. 원래는 이사 올 때부터 마당 오른쪽 그늘진 부분에 나무뿌리를 뒤집어 놓은 듯 유난이 가지가 촘촘한 앵두나무가 있었다. 제법 컸던 것으로 기억된다.

어느 해부터인가 참깨 모양의 연두색 작은 벌레가 여기저기 몰려다니더니 점점 나뭇잎은 쪼그라들고 앵두는 익기도 전에 떨어지고 먹을 만한 앵두조차 모양이 일그러져 갔다. 해마다 아빠가 속이 깊고 커다란 빨간 다라이에 우윳빛 농약을 만들어 뿌려대며 나무 관리를 철저하게 해도 앵두나무는 몇 년 동안 비실비실하더니 삼분의 일 정도로 작아져 버렸다.

그 후로 새로 사다 심은 앵두나무에서 초여름이 되면 예전 나무보다 세 배 정도는 큰 앵두가 열렸다. 탱탱하고 빨간 앵두는 끝이 뾰족하며 아랫부분은 갓난아이 엉덩이 모양을 하고 있었다. 작은 앵두에서는 보지 못하던 진짜 앵두 모양이다. 너무 말랑거리면 시들한 단맛이 나는데, 이 앵두는 탱탱하게 말랑거리고 진한 단맛이 돌아 맛도 몇 배로 좋다. 엄마는 가족의 빛나는 한철 간식이던 새로 심은 앵두나무를 '양앵두'라고 부른다.

초여름이면 엄마와 동생들이 뜰에 앉아 앵두를 한 주먹씩 입에 넣어 '툇툇툇' 씨 뱉는 소리를 내며 먹지만 나는 두 세 개만 맛볼 뿐 보기만 한다. 앵두 욕심에 물기 촉촉한 빨간 앵두를 밥공기에 가득 따서 요리 보고 저리 보며 반나절은 쥐고만 다닐 뿐 예뻐서 먹을 수가 없었다. 동생들은 앵두가 열리기 시작하면 익지도 않은 딱딱한 하얀 앵두를 따 먹기 시작해서 앵두가 빨개지면 앵두나무에 몸을 반쯤 처박고 앵두를 따려고 발버둥을 치며 싸우기까지 한다.

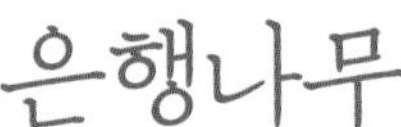

은행나무

화장실과 가까운 곳에는 언제 심었는지 모르는 은행나무가 있다. 나무의 이름을 알기 시작하고 관심이 가기 시작할 때쯤 은행나무는 우리 집에서 가장 균형 잡힌 기본형을 갖추고 있는 나무라는 것을 알았다. 화장실과 가깝다는 이유로 하루에 몇 번은 은행나무를 지나치지만 그냥 지나치기만 할 뿐 은행나무가 그곳에 있다는 것을 계절이 다 가도록 모른다. 특히 은행나무는 키가 커서 어렸을 때의 시선에는 두툼한 나무 둥치만 보일 뿐 일부러 고개를 쳐들지 않는 한 잎새가 달린 나무라는 것조차 모르고 하루에도 몇 번씩 오가곤 한다.

가을이 되면 무뚝뚝하던 은행나무가 이상한 짓을 한다. 화장실과 작은 옥상, 담장 밖까지 온통 낭만적인 노란빛을 털어낸다. 하나 둘씩 시작하다가 갑자기 감당하기 힘들 정도의 노란빛으로 집 전체를 감싸고 돈다. 마당을 쓸고 쓸어도 언제 쓸었냐는 듯이 금방 노란색으로 덮어버리고 대문 안으로 들어오면 마당 전체가 노란색이다. 해마다 은행나무는 기세가 등등해진다. 바람이라도 불어 은행잎이 한 번에 여러 개가 떨어지는 날이면 좋아서 날뛰는 강아지처럼 주변을 빙빙 돌며 뛰어다니고 이른 아침이면 밤새 떨어진 완벽한 노란빛을 먼저 보려고 눈을 뜨자마자 은행나무 쪽으로 달려간다. 어제보다 더 넓게 진하게 떨어진 은행잎은 향나무, 단풍나무, 살구나무까지 노랗게 덮어버린다.

살랑거리는 바람이라도 부는 날이면 빙글 빙글거리며 곡선을 따라 떨어지는 잎사귀 가운데 서서 하늘을 바라본다. 낭만적인 일이다. 은행잎은 같이 놀아주는 친구다. 가을이 깊어질 때까지 우리 집 마당은 노란색으로 물들고 악을 쓰던 엄마도 은행잎이 가득한 몇 주간은 "아, 예쁘다. 어쩜 이렇게도 노랗다냐!" 하며 한결 부드러워지고, 아침마다 마당을 쓸던 아빠도 마당 쓸기를 멈추고 부드러운 표정으로 은행나무 앞에서 한참을 머물다 가곤 한다.

엄나무

아직은 쌀쌀한 봄기운이 있는 날, 퇴근 후 돌아오신 아빠는 뻣뻣한 닭 사료 종이에 무언가를 둘둘 말아 가져오셨다. 귀하고 귀하다고 알려진, 몸에 좋은 엄나무란다. 아빠가 가져오는 것에 전혀 관심도 없던 엄마가 이번에는 정원 이곳저곳을 돌아다니며 엄나무를 심을 좋은 자리를 찾느라 부산하다. 그렇게 엄나무는 양지바르고 사람 손이 많이 타지 않는 화장실 쪽 은행나무 옆에 나란히 심어졌다.

몇 년이 지난 후 존재감이 없던 엄나무가 갑자기 눈에 들어왔다. 작은 회초리만 한 걸 심었는데 어느새 제대로 형태를 갖춘 두툼한 나무가 떡하니 자리 잡고 있다. 화장실 근처라서 땅이 기름졌나, 사람

손을 타지 않아서 잘 자랐나. 그때부터 엄나무 주변을 서성거리며 살펴봤다.

엄나무라는 이름도 나무에는 어울리지 않는 묘한 느낌으로 '엄'이라는 첫 글자는 사람에게 붙이는 성과 비슷해서 고급스러운 냄새가 났고, 이상하게 나무의 외형도 동화 속에나 어울리는 특별한 외모를 지녔다. 보통 나무와는 달리 줄기가 회색빛이 도는 것도 신기한데 온통 가시가 박혀 있고 빽빽하게 박힌 가시는 크고 작고 날카롭고 위협적이어서 〈삼국지〉에나 나오는 덩치 큰 장수가 오른손에 든 쇠뭉치처럼 보인다. 가시 때문에 멋지기도 하지만 안 어울릴 듯 어울리는 듬성듬성한 잎새는 나무를 더욱 신비롭게 한다. 사나운 나무에 커다란 손바닥 모양을 하고 있는 잎새를 올려다보며 나무에서 귀티가 흐른다고 생각했다. 아빠는 겨울이면 유독 엄나무에게만 나무 중간 부분을 짚으로 옷을 입히듯 여러 겹 정성스레 촘촘히 싸주는데 그것만 봐도 확실히 귀한 나무인가 보다 싶었다.

아끼던 엄나무를 어느 여름날 마당 구석 빨래를 삶거나 사골을 끓일 때 사용하는 야외용 화덕 위에 얹힌 커다란 냄비 속에서 보았다. 은빛 회색 신비롭던 엄나무는 볼품없는 거무튀튀한 색으로 변했지만 여전히 날카로운 가시를 곤두세운 채 여러 마리의 닭과 함께 부글거리는 국물 속에서 오르락내리락하고 있었다. 사나운 동물이 이빨을 으르렁거리며 가만히 안 두겠다는 몸부림처럼 보였다. 너무 놀라 엄나무가 있는 화장실 쪽으로 달려갔다. 동화 속에서 나오는 귀티 나는 엄나무가 없어졌을까 봐 가슴이 덜컹 내려앉았는데 다행히 나무는 태연히 그 자리에 그대로 있고 어느 곳이 잘렸는지 알 수 없게 멀쩡해 보였다.

엄나무를 넣고 끓인 삼계탕은 별다른 맛이 없이 그냥 삼계탕 맛이다. 엄마 아빠는 엄나무 삼계탕은 고기가 부드럽고 특별하게 맛있다고 국물 한 방울도 남김없이 건강을 생각해서 들이마신다. 몸에 좋다는 엄나무 가지는 그 후에도 해마다 여름이면 손님이 오거나 초복, 중복, 말복이거나 기력이 떨어졌다는 이유로 여러 번 끓어내졌지만 변함없이 신비로운 자태는 여전했다.

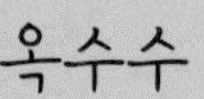

옥수수

아물아물 올라오는 옥수수 냄새
양은 쟁반 가득 찐 옥수수가 나온다.

색색 구슬처럼 반짝반짝
노란색
보라색
흰색
빨간색
핑크색

할머니 옥수수는 오색빛.
저걸 아까워서 어찌 먹지?
저걸 많이 먹어야 하는데 어쩌지?

ㅇ ㅣ ㄱ ㄴ ㅇ

살구나무

오렌지 핑크빛은 일 년 내내 애타게 기다리던 군침 도는 과즙 빛깔이다. 작은 놈이나 큰 놈이나 하나같이 젤리처럼 달고 어찌나 부드러운지 돈 안 내고 배부르도록 먹을 수 있는 유일한 간식. 우리 집에는 살구가 있다. 오렌지 핑크빛으로 물들어가는 달박달박한 살구나무 아래에서 하루에 몇 번은 얼마나 익었는지 얼마나 말랑말랑한지 만져본다. 기대감으로 연둣빛 살구를 올려다보면 입안에 벌써부터 침이 고인다. 기다리지 못하고 익지도 않은 살구를 입에 넣어보지만 시다 못해 혀가 아리다.

며칠만 기다리면 먹을 수 있는 우리 집 살구는 단언컨대 시장에서 사 오는 그 어떤 과일보다 몇 배는 예쁘고 맛있다. 단풍에 물들 듯 한꺼번에 오렌지 핑크빛이 되면 살구는 눈치 없이 욕심껏 먹어도 표시가 안 날 만큼 많이도 열린다. 화장실을 오가며 못생기고 오므라든 살구건 작고 비틀어진 살구건 손에 잡히는 대로 쓱쓱 문질러 먹는데 어쨌거나 죄다 감탄스러운 맛이다.

살구가 열리는 시기를 은근히 기다리는 동네 사람들에게 엄마가 한 바가지씩 돌리면 살구나무는 우리 남매보다 더한 칭찬을 듣는다. 막냇동생의 통통한 손으로 반을 갈라도 어렵지 않게 갈라져 씨가 쏙 빠져 바닥으로 굴러 떨어진다. 씨가 붙었던 자리는 씨앗의 얼굴이라도 새긴 것처럼 발그레 붉은빛이 돈다. 먹기 좋게 씨까지 쏙 떨어지는 살구를 고르면 재수 좋은 날이다. 시큼한 맛은 하나도 없이 옹골진 단맛!

지금도 독한 감기로 고생한 끝 무렵이면 단맛이 깊었던 성정동 집 살구가 그립다.

목련

얼굴 주변을 맴도는 엷은 입김과 주머니 속으로 파고드는 손가락은 개학하자마자 가장 먼저 느끼는 등굣길의 추위다. 초봄에 잠시 스쳐가는 꽃샘추위는 이름과는 다르게 다혈질에 지랄 맞은 고약함이다. 세찬 바람에 눈과 진눈깨비가 동시에 오다가 잠시 햇살이 비추는가 싶더니 추적추적 비까지 내린다. 아침에 딱딱하게 얼던 땅이 점심이면 비라도 온 듯 질퍽거려 바지 뒷부분에 진흙 덩어리가 쩍쩍 붙어 집에 들어오면 신발 벗기 전에 걸레부터 찾아 떼어내는 것도 일이다.

그런가 하면 아침 햇살에 속아 얇은 봄옷을 입고 등교해서 하루 종

일 덜덜 떨며 얼어 죽을 뻔한 날도 대부분이 꽃샘추위 때문이다.

초등학교 5학년 때쯤의 일이다. 그날은 웬 변덕으로 모처럼 만에 햇살의 농도가 짙어 아침인데도 점심 같은 푸근함이 괜한 기대감을 주는 날이었다. 등굣길 대문턱을 넘어가던 순간 매일 드나들던 똑같은 곳인데도 어제와는 다른 느낌이 든다. 없던 자리에 뭔가 알쏭달쏭한 것이 추가된 기분이랄까. 아니면 어제까지 칙칙하던 담벼락을 누군가가 페인트로 말끔하게 정리한 느낌. 그냥 지나가려다 이끌리듯 뒤를 쓱 돌아봤는데 하얀 물감이라도 쏟아부은 듯 눈부신 환한 빛에 이끌려 올려다본다.

목련꽃이 만발했다. 언제 저렇게 많은 꽃이 피었지! 변덕스러운 꽃샘추위 때문에 봄이 가까이 온 줄 몰랐다. 아직도 겨울처럼 파리한 하늘에 두 손바닥만 한 목련이 마당 한편을 가득 채우고 있다. 이파리 하나 없는 가지에 꽃부터 넘치게 피었다. 하얀 꽃잎 사이로 햇빛이 반짝이며 봄이 왔다고 말한다. 활짝 핀 꽃을 세어본다. 반쯤 핀 꽃을 세어본다. 꽃잎 사이로 숨어 있는 셀 수 없는 많은 꽃봉오리에 든든해지고 혼자 보기 아까운 꽃을 두고 가자니 괜히 발이 떨어지지 않는다. 수업이 끝나자마자 달려와서 못 보던 꽃을 하나하나 마저 확인해야겠다. 꽉 차게 꽃이 피는 날까지 하루에 몇 번씩 바라봐야지 다짐하며 하굣길을 나선다. 그날은 숨겨둔 보물이라도 발견한 듯 마음속에서 웃음이 절로 난다.

모과나무

길을 가다가 유난히 잘 다듬어진 정원의 나무를 보면 성정동 집이 생각난다. 집 옆으로 상가를 짓기 전까지 한때는 꽤 넓은 정원이 있었던 걸로 기억된다. 성정동 집에는 모과나무도 있었는데, 가을이면 동네 사람들에게 나눠 줘도 남을 만큼 다닥다닥 모과가 열렸다. 수돗가 옆에 나란히 두 그루가 있었는데 그중 하나는 다른 것보다 두세 배 정도 굵고 키도 커서 옥상 위에 올라가 나뭇가지를 만지작거릴 수 있었다. 엄마는 큰 나무가 수컷이고 작은 나무는 암컷이라고 했다.

수돗가 가까이에 있던 수컷나무는 키가 크고 힘이 좋아서 빨랫줄을 매어 쓰고 여기저기 삐쭉거리며 튀어나온 가지에는 운동화며 마포

걸레, 사골냄비를 걸어 말렸다. 그래서일까. 모과나무 아래쪽에는 바싹 말라비틀어진 잡다한 살림살이가 사계절 내내 매달려 있었다.

여름에는 잎사귀가 많아 하늘도 보이지 않도록 그늘이 짙다. 봄에서 여름까지 식구들조차도 현관문 옆에 버티고 있는 것이 모과나무라는 것을 눈치채지 못한다. 가을로 간다 해도 잎사귀 옆에 바싹 붙어 있으면 모과인지 잎사귀인지 감쪽같다. 늦가을 잎사귀가 거의 떨어지면 그제야 모과들이 보이는데 보기만 해도 찐득거리는 노란 덩어리들이 어디에 숨어 있다 나왔는지 대추처럼 다닥다닥 붙어 있어 놀랄 지경이다.

가끔은 우리 집 앞을 지나가던 낯선 사람들이 담장 밖으로까지 뻗어 나간 노란 모과들을 보고 몇 개만 달라며 문을 두드리기도 했는데, 그럴 때면 괜스레 으쓱하는 기분이 들곤 했다.

바람이 분다. 멀리서 바람 방향이 바뀔 때 코끝에 스치는 달달한 모과 향은 고개를 들고 하늘 높이 매달린 노란빛을 보게 만든다. 온 동네가 은은하도록 모과 향기가 퍼질 때쯤이면 모과나무 주인이라는 것이 자랑스러웠다.

모과 향을 좋아하는 엄마는 장롱이나 다락, 거실, 신발장 등 놓을 수 있는 곳이라면 어디든 모과를 수북하게 담은 바구니를 올려 놓았고, 마당에도 동네 분들이 가져가고 남은 모과가 수북하다. 시커멓게 변해서 주저앉을 때까지 가을이면 온 집 안에 달달한 모과 향이 가득했고 잠을 자려고 누우면 이불 속에서 모과 향이 풀풀 난다. 잠들기 전 이불 속에서 나는 모과 향이 얼마나 좋은지 경험해 보지 않은 사람은 모를 것이다. 양파망이나 올 나간 스타킹에 담아 이불장 속에 매달아 놓은 모과의 향이 이불에 밴 것이다.

그때쯤이면 동네 집집마다 모과 향이 가득했고 모과 향이 날리는 성정동 집의 다닥다닥한 모과가 동네 분위기를 한껏 살렸다.

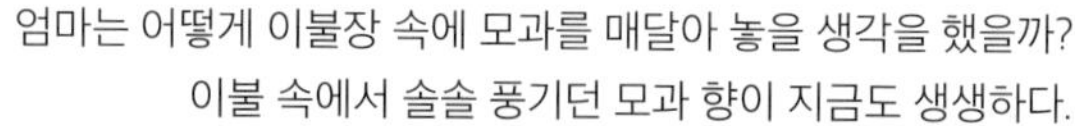

엄마는 어떻게 이불장 속에 모과를 매달아 놓을 생각을 했을까?
이불 속에서 솔솔 풍기던 모과 향이 지금도 생생하다.

향나무

향기가 난다고 해서 향나무라는 이름이 붙었다.

향기라고 말하면 대부분 꽃향기를 생각하는데 향나무에서 나는 향기는 진한 녹색 향이라고 생각하면 딱 맞다. 향나무 잎사귀를 조금 꺾어 손가락으로 비벼 콧구멍에 들이대고 맡아보면 금방 이해가 간다. 성정동 집 정원에 있는 나무 중 절반이 넘는 것이 멋진 모양을 뽐내는 향나무인데, 하나같이 아빠가 구상한 작품이지 그냥 자연스러운 모양은 하나도 없다.

한가한 주말, 향나무 다듬는 날이면 아빠는 한여름에도 긴 남방과 두툼한 바지를 입는다. 향나무 가시가 억세고 따가우며 가렵기 때문에 중무장을 하는 것이다. 우선 향나무를 다듬기 위해 크고 팔뚝만 한 긴 가위로 쓱싹쓱싹 전체적인 형태를 대충 잡아주고 작은 전지가위로 디테일한 부분을 잡아준다. 20분만 향나무를 잘라내면 나무 특유의 녹색 향이 마당에 가득 찬다. 향나무 향은 고급스럽다.

햇볕 내리쬐는 여름, 높은 사다리 위에서 아빠는 비 오듯 땀을 흘리며 수건으로는 연신 눈 위로 흐르는 땀을 닦는다. 아빠 등에는 땀으로 흠뻑 젖은 남방이 찰싹 달라붙어 있다. 하던 일을 멈추고 심각하게 나무를 바라보며 "이 나무는 어떤 모양을 할까?" 묻는 아빠의 말에 우리 남매는 "아이스크림, 꽈배기, 뭉게구름, 인어공주" 하며 생각나는 대로 자기가 좋아하는 것을 지껄인다. 말하면 다 이루어질 것만 같고 아빠의 표정만 봐서는 뚝딱뚝딱 쉽게 만들어 줄 것만 같았다. 아빠는 사다리 위에서 고개를 갸웃거리며 고심 고심하다가 무슨 영감이 떠올랐는지 나무 위를 미끄러지듯 전지가위를 놀려 '싹뚝 싹뚝' 모양을 내며 자르기 시작한다.

마당을 이리저리 뛰어놀다 아이스크림이나 꽈배기, 뭉게구름, 인어공주가 언제 나오려나 중간중간 향나무를 확인한다. 향나무 아래로 잘려진 나뭇가지가 수북수북 쌓이고 시간이 지나도 무슨 모양을 만드는지 짐작조차 안 되는데도, 아빠는 해가 저물어 앞이 보이지 않을 때까지 사다리 위에 있다.

다음 날 아침 마당에서 동생과 오빠를 부르며 이 나무 저 나무를 찾아 뛰어다닌다. 꽈배기, 도넛, 달팽이, 뭉게구름 향나무는 아빠가 주는 선물이다.

아빠가 만든 최고의 작품은 안방 창문 앞에 있는 구름 향나무다. 크기도 크지만 나이도 많이 먹어 자태가 예사롭지 않고 공원에서도 흔히 볼 수 없는 누워 있는 향나무다. 45도 각도로 기울어져 작은 옥상까지 7미터 정도 뻗은 형태로 동글동글 큰 구름에서 작은 구름까지 일곱 개의 모양이 이어졌다. 구름 징검다리라고 할까? 가벼운 몸이라면 사뿐사뿐 밟아서 계단처럼 올라가고 싶다. 우리 집에 처음 오는 분들은 구름 향나무 앞에 서서 이렇게 크고 멋진 나무가 집에 있을 수가 있냐며 감탄의 찬사를 한 마디씩 하곤 한다.

아빠의 자부심인 누워 있는 향나무는 항상 특별한 대우를 받는다. 아빠가 향나무를 돌볼 시간이 없어서 모두가 엉망이더라도 이 구름 향나무만큼은 언제나 단정한 모양을 하고 있다. 심지어 구름 향나무 나뭇가지 속에는 언제든지 사용할 수 있도록 전지가위와 장갑이 박혀 있다.

그뿐인가! 눈이 많이 와서 다른 나무는 가지가 꺾이고 휘어도 구름 향나무에 눈 쌓인 꼴을 본 적이 없다. 아빠는 출근길에 눈부터 치우고 퇴근길에 이 나무부터 한 바퀴 둘러보며 나무 사이사이에 죽은 가지들이라도 훌훌 털어주고 들어온다. 한약이라도 달이는 날이면 한약 찌꺼기는 고스란히 구름 향나무 아래에 묻힌다.

아빠의 정성을 듬뿍 받는 향나무는 다른 나무에 비해 굵고 잎이 빽빽하고 단단해 구름 덩어리 모양을 밟아도 발로 빠지지 않을 것처럼 촘촘하다. 공원에서도 보기 힘든 멋진 자태를 한 향나무는 우리 집의 자랑이며 아빠의 얼굴이다.

신문지 연

연 날리는 날이면
나는 마음이 부풀어 연 만들기가 힘들어진다.
빨리 만들어 날리고 싶은 마음에
만들기도 전에 나의 연은 벌써 하늘을 훨훨 날고 있다.

손에서 연줄이 팽팽하게 잡아끈다.
신문지와 우산살로 그리고 급한 대로 밥풀로 뚝딱 만든 연은
정말 가볍게 하늘을 훨훨 난다.

길게 길게 만든 꼬리도 어찌나 바람을 잘 타는지
이리저리 약 올리듯 휘젓는다.

자꾸만 위로 위로 올라가려는 연을 잡고 있으려면
팔이 저려온다.

바람이 휘휘 부는 날이면
논 한가운데에서 연을
나는
한없이 하늘만 바라본다.

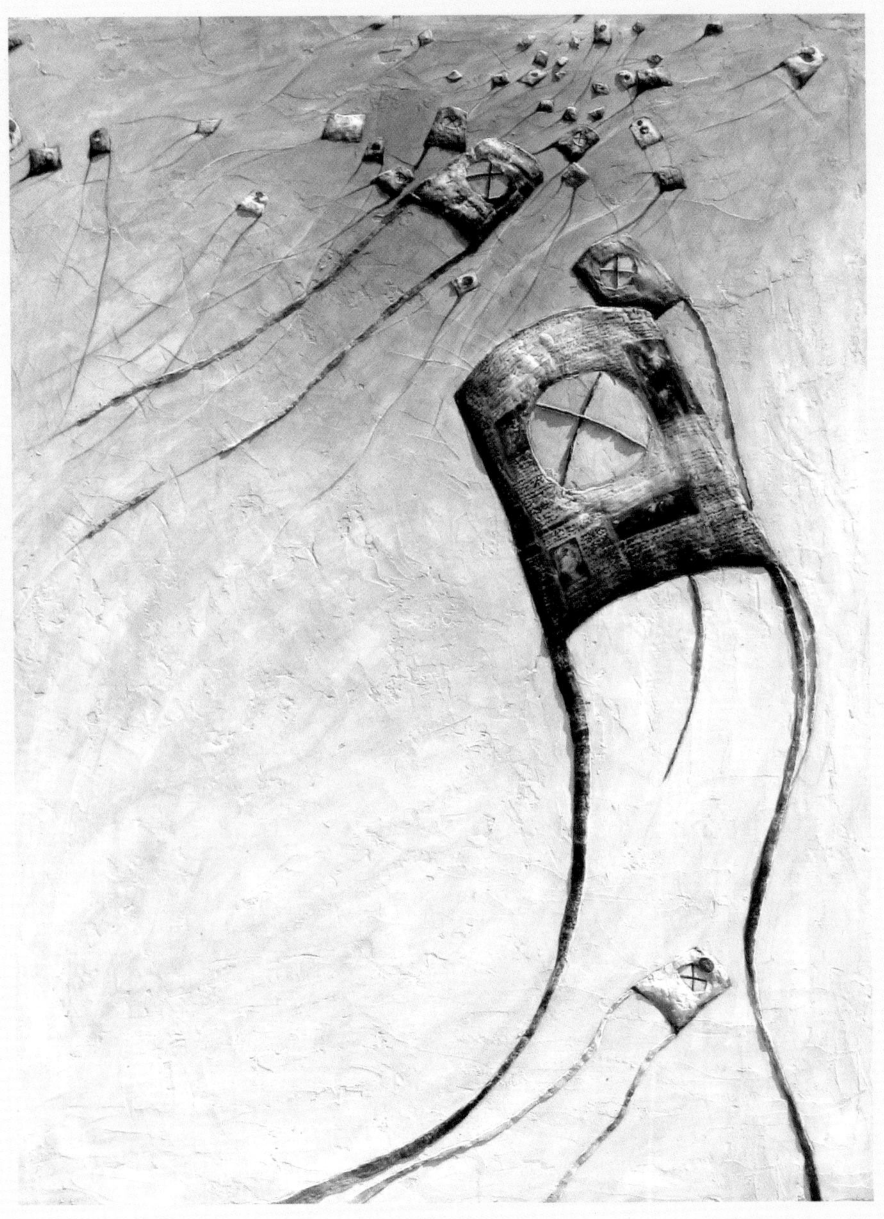

이강의 호시절

이야기 다섯

내 삶을 채워준 사람들

아빠의 사들이는 병

대문을 들어서는 아빠의 목소리가 다급하게 들린다.

"이것 좀 받아라. 아이고, 손가락 아파 죽을 뻔했네."

한 손에 10권짜리 전집으로 보이는 책이 노란색 나일론 줄로 가로세로로 묶여 있는데 '왕비열전, 여인열전'이라는 제목이 적혀 있다. 엄마는 그런 아빠를 거들떠보지도 않고 이제는 그러려니 말도 하기 싫은가 보다.

사들이는 병이 있는 아빠는 책을 사 오는 달에는 책만 줄지어 사 온다. 얼마 전에는 어른 손으로 한 뼘이나 되는 두꺼운 국어사전을 사 왔는데, 누구도 만져보지 않고 장롱 위쪽에 눕혀 있는 것을 본 것이 처음이자 마지막이었다. 또 그림 그리기를 좋아해서 간간이 교내 미술대회가 있으면 상을 타 오곤 하는 나를 위해서 사진 앨범 정도 되는 크고 두꺼운 고급 양장 표지의 수묵화 사전인지 수묵화 사진첩인지 하는 책도 사 왔다. 아빠는 내게 책을 펼쳐 보이면 자랑스러운 눈빛으로 말했다.

"이 책 보면서 그림 공부 많이 하라고 사 왔지."

"아빠, 난 이런 그림 안 좋아해."

"너 그림 그리는 것 좋아하잖아. 이거 유명한 사람들 그림이래."

"난 색깔 있는 그림 좋아하지, 이런 그림은 그리기 싫어."

넘겨도 넘겨도 그 그림이 그 그림이고, 수묵화가 왜 초등학생에게 필요한지 두어 장 넘기고 덮어버렸다. 내가 두 번 다시 그 책을 볼 것 같지 않자 엄마가 한숨을 쉬며 안 봐도 비디오라는 듯 참았던 잔소리를 한다.

"그럼 그렇지. 요번에도 책장수한테 잡혀서 팔리지도 않는 책을 속아서 샀구먼."

"그러게. 장사치들이 들어오면 사무실에 사람도 많은데 이상하게 나한테 와서 사라고 떼를 쓰네."

"근데 왜 안 산다는 말을 못 하는겨. 싫다는 말을 못 하고 항상 있는 척하고 뭐든 사대니까 사람들이 달라붙지. 저거 당장 갖다 줘. 안 그러면 사무실로 쫓아가서 다시는 못 사게 망신 줄 테니까."

이번에도 엄마의 승이다. 한 이틀 지나자 화려한 그림으로 가득 찬 중세부터 현대 유럽 작가들의 그림책으로 바꿔 들고 왔다. 그나마 이 책은 마음에 들었다. 술에 취하면 빵집에 남은 빵을 싹쓸이하는 사람, 누군가가 팔아 달라고 사정하면 거절하지 못하고 필요 없는 물건인데도 사는 사람, 우릴 좋아죽게 만들어 개다리 춤을 추게 하는 사람도 아빠다.

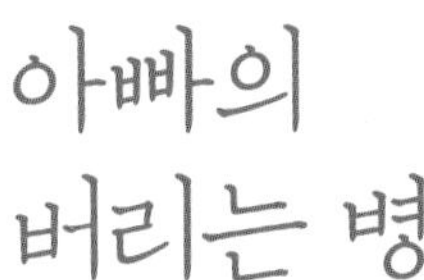

아빠의 버리는 병

엄마가 화났다. 이번에는 뭔가 확실한 증거를 잡은 듯 보인다. 여름 내내 무성한 잡초 때문에 안 보이던 물건들이 가을이 되자 말라 비틀어진 풀과 넝쿨 속에 뒤엉킨 채 쌓여 있다. 우리 집에서 담 밖으로 내던져진 물건들이다. 엄마의 바구니가 달린 자전거와 오빠가 용돈을 모아 산 아끼고 아끼는 가벼운 사이클 자전거, 여러 켤레의 어른 구두와 막냇동생 세발자전거, 목마, 장난감, 잠자리채, 배드민턴 채 등 다양하게도 버려져 있다.

누가 이런 짓을 했는지 안 봐도 비디오. 여름 내내 살림살이를 버린 사람은 바로 아빠다. 엄마가 집 안 담당이라면, 아빠는 마당 담당이라서 마당 청소하다 걸리적거리면 뭐든지 담 밖으로 던져 버리는 것이다. 이렇게 운 좋게 찾을 수 있다면 다행이지만 불에 태우는 것도 좋아하는 아빠 때문에 불 속으로 사라진 물건도 많을 것이다.

엄마가 찾다가 끝내 못 찾는 물건이나 중요한 서류, 영수증은 무조건 아빠가 태운 걸로 몰아붙이면 대부분 맞다.

그날도 엄마가 담 근처에서 마른 잡초를 뽑으며 정원 정리를 하는데 담 밖에서 지나가는 아저씨가 "누가 이렇게 쓸 만한 자전거를 버렸대. 멀쩡하네." 하는 소리에 눈치 빠른 엄마는 순간 상황을 파악하고 담장 밖을 향해 "아저씨, 잠깐만요. 그거 만지지 마세요." 하고 뛰어나간다. 아니나 다를까 여름부터 엄마가 찾던 자전거가 먼저 보였다고 한다.

아빠한테 여러 번 물어도 시치미를 떼서 깜빡 속았다면서, 그동안 자잘한 것을 버리긴 했지만 설마 크고 멀쩡한 것까지 버렸을까 했는데 이런 집구석 앞날이 걱정이라고 한숨을 쉰다. 오빠도 자전거가 없어졌다고 했지만 자기가 잃어버린 것 같아서 말도 못 하고 얼마나 고민했는지 치질이 생겼다고 한다. 버려진 여러 켤레의 신발은 아직도 멀쩡해서 신을 만한 것들이고 심지어 아빠가 아끼느라 제대로 신어보지도 못한 구두까지 버려져 있었으니 요번에는 나도 어쩔 수 없이 엄마 편이다.

확실한 증거가 나왔으니 오늘 밤은 아빠가 작살나는 날이다. 쓸데없는 것을 사들이는 병도 있는데, 쓸 만한 것을 버리는 병까지 걸렸다며 엄마는 지난 일을 줄줄이 나열하며 신이 난 듯하다. 아빠의 버리는 병이 빨리 고쳐졌으면 좋겠다.

아빠가 늦는 날에는 독상이 차려진다.
아무리 늦은 시간이라도 생선 한 마리쯤은 올라 있었다.

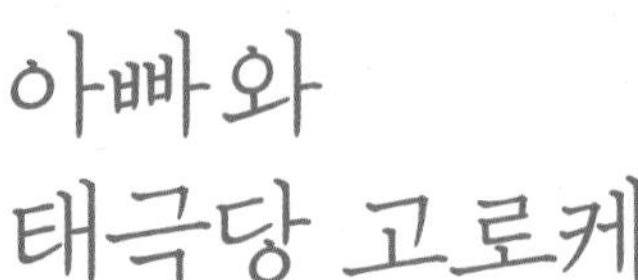

아빠와 태극당 고로케

붉은 얼굴에 비틀비틀, 한눈에 봐도 과하게 마신 아빠. 이런 날은 어김없이 양손에 커다란 태극당 빵 봉지가 들려 있다. 얼마나 많이 담았는지 봉지가 터지기 직전이다. 귀한 빵이 모양 없이 오그라들고 쪼그라들었어도 맛은 살아 있다. 어쨌거나 아빠는 술만 취하면 우리 마음을 귀신처럼 아는 것 같다.

"우아, 빵이다. 맛있겠다!"

술기운이 알딸딸하게 오른 아빠는 엄마 눈치를 살피며 말한다.

"많이 먹어. 다 먹어, 먹어. 엄마 화났냐? 엄마는 어디 갔어?"

우리는 아빠의 물음은 안중에도 없이 좋아하는 빵을 찾으려고 빵 봉지를 뒤적거린다. 아빠가 무식하다 싶을 정도로 빵을 많이 사 오는 날은 엄마의 잔소리 폭격이 두 배가 된다.

"그럼 그렇지. 또 태극당에서 쓸데없이 돈만 쓰고 왔네. 술만 취하면 적당히가 없이 흥청망청. 누구한테 보여주려고 그냥 흥흥거려 가며 이 빵 저 빵 집히는 대로."

엄마는 찌그러진 빵처럼 얼굴을 구겨가며 핀잔을 주고 아빠는 우리 얼굴을 보며 눈을 찡긋찡긋한다.

빵 봉지에서 카레 향이 강하게 올라오는 것을 보니 분명 '고로케'가 들어 있다. 양파와 고기와 카레 향이 가득한 고로케를 한입 베어 물면 입가가 기름기로 번들거린다. 두 번째로 입에 들어갈 빵은 단맛이 강한 팥빵이나 슈크림빵 중에 아무거나 잡히는 대로 먹어도 서운함이 없다. 찹쌀떡도 곰보빵도 꽈배기도 땅콩크림빵도 버터크림빵도 입에 들어가기만 하면 좋다.

엄마는 아빠가 술만 취하면 태극당에 가서 남은 빵을 몽땅 주워 담아 주변에 아는 사람에게까지 빵 가방을 하나씩 손에 쥐어 보냈을 것이라고 장담하며 허세병이 문제라고 잔소리를 이어간다.

아빠와 전기구이 통닭

아빠가 양손 가득 전기구이 통닭을 사 오는 날은 방금 배터지게 밥을 먹었어도 방바닥이 꺼지도록 개다리 춤을 추고 원숭이 흉내를 내며 방 안을 가로질러 왔다 갔다 요란하다. 통닭 냄새는 무슨 말로 표현할 수 없을 정도로 찰지며, 잔소리 많은 엄마도 약하게 만든다. 하얀 기름종이에 얌전히 포장되어 있는 전기구이 통닭은 먹기 좋은 검붉은 갈색으로 익어 있고, 껍질은 그냥 보기에도 바싹함이 느껴지며, 볼록한 배는 반들반들 윤기가 돈다. 무엇이든 간에 먹고도 남을 만큼 많은 양을 사 오는 아빠의 허세 덕분에 우리 남매는 음식 때문에 싸울 필요가 없다.

엄마는 기름기 좌르르 흐르는 통닭 두 마리를 잘게 찢어 놓는다. 통닭 껍질은 과자처럼 바싹바싹 소리가 날 정도이고 다릿살은 말할 것도 없고 가슴살조차 퍽퍽하지 않고 촉촉하다. 엄마는 이 통닭집 주인이 무랑 후추소금을 넉넉히 챙겨 주는 걸 보니 장사할 줄 안다고, 통닭 두 마리를 다 먹을 때까지 갖가지 이유를 대며 칭찬을 아끼지 않는다.

통닭을 좋아하는 엄마 덕에 일주일이 멀다 하고 온 가족이 한 시간이 넘게 걸리는 성환까지 통닭을 먹으러 다녔다. 버스 정류장까지 걸어서 30분, 버스 타고 40분! 허름한 시장통에 위치한 치킨집은 사람으로 바글거렸고 그곳에서 난생처음 케첩을 먹어봤다. 시큼한 냄새에 이상야릇한 맛이 났는데 맛이 있는 것도 없는 것도 아니었다.

치킨이 나오자 주인아줌마는 주인아저씨가 경기도 평택 미군 부대에서 미국 사람한테 직접 치킨 만드는 법을 배운 거라 자랑을 하며 케첩이 기름진 치킨과 만나면 금상첨화니 먹어보라고 재촉한다.

남동생은 첨 먹어본 케첩에 빠져 치킨에 묻은 케첩만 빨아 먹는다. 어린애들은 어른들에 비해 빨리 배운다고 하더니 코끝이 찌릿해지는 콜라도 잘 마시고 케첩도 잘 먹는다. 확실히 나보다는 빠르다.

오빠

오빠의 얼굴은 마주치면 반가워서 웃어야 할지 얼굴 자체가 웃겨서 웃어야 할지 고민스러운 상이다. 남들은 여드름이 나도 그럭저럭 봐줄 만한데 오빠는 동전만 한 크기의 여드름이 얼굴 전체에 퍼져 높낮이가 다르게 고름이 박혀 있고, 붉은 여드름부터 딱지가 앉은 시커먼 여드름까지 가지가지다.

여드름만 있으면 양반이지, 다래끼가 한쪽 눈에만 위아래로 세 개씩 나서서 눈을 제대로 뜨지 못해 학교를 못 가는 경우도 다반사다. 그 정도의 얼굴이라면 외모에 관심이 많은 고등학생 시기에 고민을 해야 정상인데 자기 얼굴을 보고 낄낄거리고, 다시 보고 웃고 다시 보고 웃는다.

그러나 그날은 달랐다. 소름이 끼친다고 할까, 뭔지 모를 살기가 느껴지는 눈빛에 머리통이 훤히 드러나는 빡빡머리로 오빠의 스타일이 갑자기 바뀌었다. 동글납작한 머리통에 빡빡머리는 왠지 더 세게 보였다. 게다가 깡패나 불량한 사람들이 입는 가슴까지 올라오는 배바지를 입고 반달 모양의 에나멜 아디다스 가방을 메고 거기에 걸맞은 표정과 자세로 바지 가랑이를 약간 벌리고 툭툭 털면서 깡패 걸음으로 들어온다. 깡패처럼 보이길 원했다면 성공이지만, 장담하건대 배 바지는 오빠처럼 작은 키의 사람에게는 어울리는 옷이 아니다.

그 후 며칠이 지나 집에 난리가 났다. 아마도 시내에 나간 엄마가 그런 꼴을 하고 다니는 오빠를 본 것 같다. 엄마는 오빠를 몰고 방문을 닫고 들어갔다. 그때가 처음이자 마지막으로 오빠 혼자서 매타작을 당한 날인 듯하다. 문이 닫히자마자 엄마의 악쓰는 소리와 무언가 둔탁하게 깨지는 소리와 휘갈기는 회초리 소리와 울며불며 비는 소리가 쉴 새 없이 이어졌다. 나와 여동생, 남동생은 덜덜 떨며 우리에게까지 매타작이 이어질까 무서워 누가 먼저라 할 것도 없이 현관문을 열고 옥상으로 우르르 도망을 쳤다.

한참 지나고 나니 집 안이 조용하다. 상황이 궁금했지만 누구 하나 현관문을 열 수 없었다. 운이 나쁘면 언제나 그랬듯이 단체로 맞는 수가 있는데 이런 상황이 딱 그렇다. 찍소리도 못하고 맞을 것이 뻔하다.

시간이 꽤 지났는데도 조용하다. 철부지 막냇동생을 앞세워 현관문을 열고 들어가니 정면으로 보이는 오빠 방에 액자와 교과서, 가방, 교복이며 온갖 잡다한 것들이 바닥에 나뒹굴고 문제의 형광빛 코발트블루의 배 바지는 갈기갈기 찢어져 걸레 쪼가리처럼 흉하게 널브러져 있었다. 오빠가 아끼는 저금통 항아리는 깨져서 나뒹굴고 동전이며 구깃구깃한 종이돈이 흩어져 있어 보기만 해도 공포다.

그리고 세상에! 방 가운데쯤 꼿꼿이 서 있는 것이 있어 자세히 보니 부엌칼이 장판 바닥에 꽂혀 있다. 아마도 저 칼로 배 바지를 갈기갈기 찢은 듯하다. 오빠는 무릎을 꿇은 채 빡빡머리를 처박고 훌쩍거리고 있다.

우리는 다시 옥상으로 올라가 덜덜 떨며 숨어 있었다. 한참 후에 엄마의 밥 먹으라는 소리가 들린다. 지체하면 혼날 것 같아서 재빠르게 움직여 집으로 들어가니 거실에 이미 밥상이 차려져 있고 오빠 방은 말끔하게 정리되어 있다. 밥상 앞에는 방금 세수한 듯 머리통에 반짝반짝 물방울이 맺힌 오빠가 고개를 숙이고 앉아 있고, 밥상 아래로 엄마의 손이 오빠의 손등을 토닥이고 있다. '휴우' 이제야 마음이 놓인다.

언니

글썽글썽 큰 눈으로 어딘가를 바라보다 어느새인가 어딘가로 사라져버리는 언니.

할머니 댁에 가면 늘 조용히 있는 듯 없는 듯, 보일락 말락 하는 언니는 중학생이다. 건넌방에 가지런히 걸려 있는 검은색 치마에 널찍하고 흰 칼라가 달린 교복이며, 가운데에 손잡이가 있고 양쪽으로 뚜껑이 달린 학생 가방도 신기하지만, 뒷머리의 반은 파란빛이 돌 만큼 짧게 자른 단발머리도 언니에게서만 볼 수 있는 모습이다.

이른 봄, 햇살은 제법 눈부시지만 그늘진 개울가에는 아직도 살얼음이 얼었다 녹았다를 반복한다. 개울가를 걸으면 손가락 발가락이 시리고 코끝이 빨개진다. 발끝에 닿는 흙이 물렁거리고, 보일 듯 말 듯 하던 냉이가 시커멓게 벌어지고, 바싹 마른 가지 아래로는 여린 싹이 올라오고 있다. 아직은 초록색을 찾아보기 힘든 이때 가장 먼저 눈에 띄는 건 버들강아지다. 물기 축축한 개울둑에 서 있는 버드나무 가지마다 회색 털이 뾰족뾰족 난 버들강아지가 강아지의 등처럼 통통히 올라왔다. 버들강아지는 이른 봄에만 잠깐 나왔다가 볕이 좋은 봄의 중반쯤이면 털이 술술 떨어져 없어진다.

하루는 웬일인지 언니가 버들강아지 피리를 만들어 준다며 앞장서기에 나는 깡충깡충 뛸 만큼 신이 나 언니를 따라나섰다. 이른 봄이면 동네 아이들은 버들피리를 만들어 볼따구니가 얼얼하도록 하루 종일 불고 다닌다. 그 모습이 부러워 죽을 뻔했는데 언니가 만들어 준다니 신이 날 수밖에. 언니는 버들피리를 만들기에 적당한 버들가지를 찾느라 여러 버드나무를 신중하게 살핀다.

버들피리용 가지는 너무 굵지도 가늘지도 않아야 하며, 상처나 싹이 없이 곧고 매끈해야 한다. 그런 가지를 찾았으면 한 뼘 정도 길이로 자른 뒤 양손으로 양 끝을 잡고 어슷하게 돌려 나무껍질을 분리해 낸다. 이때 속이 빈 빨대처럼, 나무껍질이 찢어지지 않도록 빼내는 것 중요한데, 나는 매번 실패한다. 언니가 만드는 것을 보면 쉬운 것 같은데 좋은 가지를 찾아내 손바닥이 아프도록 돌려봐도 나무껍질이 분리되기는커녕 애꿎은 손바닥만 까진다.

잘 벗겨낸 나무껍질을 다시 5~7센티미터 길이로 자른 뒤 입술이 닿는 부분의 겉껍질을 칼로 살짝 벗겨내면 버들피리 완성이다. 겉껍질을 벗겨낸 부분에 입술을 대자마자 쓴맛이 확 들어와 놀랐지만 침을 여러 번 뱉어내면 참을 만하다. 소리 내는 것은 배울 필요도 없이 쉽다. 나와 동생들은 버들피리를 많이 갖고 싶은 욕심에 버들가지를 여러 개 꺾어 언니 옆에 버들피리를 만들어 달라며 차례대로 줄을 세워 둔다.

개울가의 양지 바른 바위에 걸터앉아 '졸졸졸' 물소리를 들으며, 언니는 열심히 버들피리를 만들고 우리는 '퉤퉤퉤' 침을 뱉어가며 피리 불 준비를 한다. 힘주는 세기에 따라 소리가 달라지고, 길게도 짧게도 소리 내고, 고개를 쳐들었다가 아래로 숙였다가 여러 가지 방법으로 새로운 소리를 만들어 보이며 자랑질을 한다.

"피피피익 삐삐삐이익" 쉬지도 않고 너무 오래 불어서 머리가 어지러울 지경이다. 그래도 우리는 멈추지 않고 개울가가 떠나가도록 버들피리 합주회를 계속했다.

가을이면 언니랑 뒷산으로 올라간다. 상수리나무를 지나 담배

밭을 지나 꼬불꼬불 꼬부랑길을 지나면 언니는 귀신같이 개암나무가 많이 있는 곳을 찾아낸다. 나는 개암나무를 구별할 줄 몰라도 된다. 언니가 "이 나무야." 하고 알려주면 개암나무의 잎사귀를 뒤적거려 초록색 개암을 찾기만 하면 되니까.

개암나무는 키가 작기 때문에 나 혼자서도 충분히 개암을 딸 수 있다. 개암을 따고 나면 나란히 서서 언니에게 껍질 까는 법을 배워가며 알맹이만 빼서 먹는데, 이게 쉬운 일이 아니다. 자칫하면 부스러져 입에 넣을 게 없을 수도 있다. 하얀빛이 나는 개암은 덜 익은 호두처럼 고소름하다.

또 넝쿨처럼 돌돌 말려 올라가는 으름나무의 가지에 대롱대롱 매달려 있는 으름도 따서 먹는다. 으름은 작은 바나나나 감자 같은 모양을 하고 있다. 입에 넣으면 깜짝 놀랄 만큼 살살 녹는 듯한 단맛이 나지만 뒷맛은 떨떠름하다.

돌아오는 길에는 바닥에 떨어진 밤을 줍는다. 언니는 씨알이 굵은 것만 골라 바지 주머니에 가득 담고, 웃도리 앞자락을 잡아당겨 그 위에도 소복하게 담는다. 우리도 언니를 그대로 따라 한다. 걸을 때마다 울퉁불퉁 이상해진 바지 주머니를 보며 골짜기가 울리도록 한바탕 웃는다.

산 아래로 내려올수록 점점 더 불룩해지는 주머니 때문에 제대로 걷기 힘들어지면 작은 밤은 다람쥐에게 먹으라고 던져 준다. 또 길가에 머루나무가 보이면 손으로 열매를 훑어 먹는데, 밍밍한 맛이 나는 머루는 콩알처럼 작아서 한 주먹 정도 입에 넣고 씹어 먹어야 맛이 난다.

그렇게 우리는 언니와 함께 고개를 한껏 쳐들어 으름을 찾고, 손으로 뒤적거리며 개암을 찾고, 밤도 줍고, 머루도 훑어 먹으며 '맛있는 산책'을 했다.

요술쟁이 언니를 따라다니면 산에서 길을 잃어도 굶어 죽을 일은 없겠다.

고무줄놀이

친한 친구들과 동네 모퉁이에서
해 지는 줄 모르고 하루 종일 뛰었다.

그렇게도 많은 노래를 불러가며
하루 종일 뛰고 뛰어도 지칠 줄 모르던 우리들

그냥 어울려 논다,
그냥 노래를 부른다,
그냥 하루 종일 웃는다.

친구도 동생도 언니도
눈과 얼굴에는 웃음 가득 담겨 있다.

그저 훨훨 가벼운 웃음뿐이었다.

여동생

여동생은 독하다. 나와는 잘 지내지만 유독 남자 형제와는 자주 싸워 엄마한테 혼나는 일이 많다. 엄마가 화내는 이유 중 하나는 참지 못한다는 것과 짜증스럽게 우는 소리에 있다. 누가 싸움을 시작하는지 알겠지만 그게 싸움의 시작이라는 것이 매번 웃기고 유치하다.

싸움은 이렇게 시작된다. 안방에 문이 열려 있고 이불 속에 반쯤 보이는 오빠의 얼굴이 자기를 쳐다봐 달라는 듯 소리 없이 끈질기게 신호를 보내는데 그게 싸움의 시작이다. 어두운 이불 속 오빠의 얼굴은 자는 것 같지만 자세히 보면 빠르게 혀가 날름거리고 있다. 오빠는 엄마와 한 이불을 덮고 텔레비전을 보고 있다. 엄마에게

걸리면 작살날 것을 알면서도 스릴을 즐기는 것인지, 겁대가리를 상실한 것인지 과감하게 혀를 날름거리는 오빠의 얼굴은 악마의 장난기로 가득하다.

약을 올리는 것인지 약이 오른 건지 혀를 날름거리는 오빠의 얼굴과 눈이 붉게 달아오른다. 혓바닥 질도 점점 느려지는 것을 보니 자기도 힘들긴 힘든가 보다. 한 번 픽 웃어주고 고개를 돌린다. 답답한 이불 속에서 쉬운 일이 아닐 텐데 왜 그러는지도 궁금했지만 어떤 반응을 원하는지 몰라서 난감하던 차에 여동생이 번개처럼 오빠에게 달려들어 이불 아래로 손을 집어 넣고 닥치는 대로 잡아 뜯든 이빨로 물어뜯든 손에 쥔 물건이라도 던지든 해서 반드시 응징을 한다. 상대방이 운 좋게 도망을 가면 다행이고, 여동생 손에 걸리면 본인의 직성이 풀릴 때까지 응징이 멈추지 않는다.

한번은 통조림을 먹다가 황도가 가득 든 깡통을 던져서 깡통 뚜껑이 오빠의 왼쪽 눈 윗부분에 아슬아슬하게 꽂혀 찢어진 적도 있고, 아빠가 아끼는 수석을 던졌다가 오빠의 머리에 맞아 피가 철철 난 적도 있다.

엄마가 기분이 안 좋은 날에 눈치 없이 싸움이라도 나면 한 사람이 잘못해도 단체로 벌을 받는다. 잘못이 있든 없든 방에서 조용히 책을 읽다가도, 피아노 연습을 하다가도, 자다가도 똑같은 분량으로 매타작을 당한다.

언젠가는 학교 끝나고 대문을 열려고 하는 순간 마당에서 동생들의 매타작 소리가 들렸다.

“엄마 잘못했어요, 엄마 용서해 주세요, 엄마 다시는 누나랑 안 싸울게요. 정말 잘못했어요.”

“으악, 아아아아! 으악!”

파리채가 ‘짝짝’ 살에 부딪치는 소리가 대문 밖까지 선명하게 들리고 그 고통이 고스란히 종아리까지 전달된다. 이대로 들어갔다간 파리채는 내 차례가 될 것이다. 걸음을 돌려 학교로 돌아가 한참 있다가 사태가 해결됐을 것을 바라며 최대한 천천히 꾸물거리며 집으로 돌아온 적도 있다.

동생들이 싸울 때는 말릴 수가 없다. 태권도를 시작한 막내 남동생은 하루가 다르게 싸움의 기술이 향상되어 작은누나에게 태권도 자세로 양손 주먹을 꽉 쥐고 다부지게 맞선다. 정말 가관이다. 작은누나가 만만한지 말싸움이 끝나기도 전에 겁 없이 주먹을 쥐고 닿는 곳이 어디든 휘두르는 육탄전으로 들어간다. 짧은 다리지만 남동생은 태권도에서 배운 발차기로 여동생의 배를 걷어찬다. 하지만 독한 여동생은 살짝 몸을 숙이며 멈추는 듯하다가 주먹을 머리며 가슴에 닥치는 대로 휘두른다. 남동생도 지지 않고 서로가 맞으면 맞는 것이고 안 맞으면 안 맞는 거라는 듯 휘두른다.

옆에서 "왜 그래? 그만해." 하고 말려보지만 들개처럼 붙어 싸우는 기세에 눌려 무섭고 겁이 난다. 말리고는 싶은데 옆에서 폭탄이 터져도 꿈쩍 안 하고 개싸움을 하는 스타일이다. 엄마는 동생들 싸우는데 말리지 않았냐고 나를 혼내지만, 사실상 이름만 언니일 뿐이지 노상 싸움으로 단련된 동생들 앞에서는 꼼짝을 못 한다.

어느 날은 남동생과 여동생이 마당 기둥에 묶여 있었다. 둘이 너무 싸워서 엄마가 서로 등을 맞대어 묶어놓고 옆집으로 마실을 간 것이다. 시간이 얼마나 지났는지 원수처럼 싸우던 동생들이 묶인 채로 두런두런 대화를 나누고 있다. 싸우면서 정이 드나 보다.

남동생

늦둥이 남동생은 씩씩한 개구쟁이다. 엄마 옆에 붙어 칭얼대지도 않고 혼자서 어디든 가서 소리 없이 논다. 남동생이 네 살 때 앞집에 또래 친구 재영이가 이사를 왔고 이후로 남동생은 재영이랑 단짝이 되었다.

학교를 끝나고 피아노 학원을 가는데 남동생이 한길 근처에서 놀고 있다. 아직 초등학교 입학 전이라 하루 종일 노는 것이 남동생의 일이다. 그날도 여느 날처럼 앞집 재영이랑 찰떡처럼 붙어 놀고 있었는데 동생의 한 손에서 뭔가가 출렁거렸다. 멀어서 잘 보이지는 않지만 하얀색 허리띠 같기도 한 것이 땅에 질질 끌리는데 분주하게 무엇인가를 하면서도 한 손에 쥔 것은 놓질 않는다.

가까워질수록 남동생의 손에 들린 것이 자꾸 신경이 쓰이는 것이 예감이 안 좋다. 설마 설마하며 다가가 보니 남동생 손에 들린 것은 1미터가 넘는 뱀이 아닌가! 동생이 놀랄까 봐 소리도 못 지르고 멀찌감치 돌아서 집까지 뛰어가서는 엄마를 소리쳐 불렀다. 얘기를 들어보니 재영이랑 하수구에서 놀다가 뱀을 발견하고는 막대기로 사정없이 때렸다고 한다. 뱀이 움직이지 않자 동생은 도망갈까 봐 손에 꼭 쥔 채 재영이에게도 주려고 다른 뱀을 또 찾고 있던 중이란다.

다섯 살이 된 남동생은 그날 뱀을 처음 본 것이란다. 아무리 처음 봤어도 뱀은 그 자체가 혐오스러워 움찔하는 것이 당연지사일 텐데 겁 없이 손에 쥐고 다닌다는 것이 나로선 이해하기 힘들었다. 용감한 것인지 바보스러운 것인지, 그래서 그런지 동생 별명은 '준바보'였다.

또 어느 여름방학의 끝자락에 있었던 일이다. 성정초등학교 운동장 가장자리에는 아름드리 플라타너스가 빼곡하게 들어서 있다. 나무 아래에 있으면 가운뎃손가락만 한 굵기의 송충이가 머리 위로, 어깨 위로 뚝뚝 비 오듯이 떨어진다. 시커먼 몸에 흰털이 숭숭 난 송충이가 담벼락 모퉁이마다 바글바글 꿈틀꿈틀 백 마리는 넘게 모여 있는데 그 모습은 공포 그 자체다. 시원한 나무 그늘 아래에는 그네, 철봉, 시소 등 놀 것들이 가득한데 송충이 때문에 얼씬도 못 한다. 송충이에게 그늘을 뺏긴 우리는 햇볕 내리쬐는 계단이나 운동장 한가운데에 앉아 마른 흙 놀이만 한다. 아무도 타지 않는 한가한 그네에 올라타고 싶은데 그네 줄에도 엄지손가락보다 굵은 송충이가 꿈틀꿈틀 줄지어 올라가고 있어 그림의 떡이다.

멀리서 그네 쪽을 바라보고 있는데 남동생이 재영이랑 송충이가 뚝뚝 떨어지는 그곳에서 바닥의 흙을 쓸어 모으며 놀고 있다. 흙 놀이나 구슬놀이를 하는 것 같은데 한곳에서 꿈쩍도 안 하는 것을 보고는 혹시나 거기엔 송충이가 없나 해서 가까이 가보았다. 동생이 팔을 번쩍 들고 힘을 쓰는 듯한 자세를 취하자 팔꿈치 부분까지 녹색 물이 줄줄 흐르는데 손가락 사이사이에서부터 흘러나오는 것 같았다. 잘못 본 것 같기도 하고 궁금해서 최대한 가까이 가서 보니 세상에, 송충이를 한 손 가득 채워 넣고 주먹을 꼭 쥐어 터트리며 노는 중이다. 너무 놀라 아는 체도 못 하고 남동생이 따라올까 봐 뒷걸음쳐 앞만 보고 집으로 도망갔다. 아무리 생각해도 보통 놈은 아니다.

하루는 남동생 몸에서 담배 냄새가 났다. 설마 잘못 맡은 냄새겠지 생각하고 넘겼는데 수업 끝나고 집으로 돌아오니 대문 앞에 남동생과 재영이가 나란히 앉아 햇볕을 쬐고 있다. 가까이 다가가도 모를 정로도 뭔가에 몰입하고 있기에 자세히 보니 다섯 살 꼬맹이들이 담배를 피우고 있다. 아빠가 피우는 담배와 똑같은 한라산 담배를 손가락에 어설프게 끼고 하늘에 연기를 내뿜고 있는데 한 손에는 라이터를 꽉 쥐고 늘어진 바지 허리띠에는 열쇠 한 뭉텅이가 무겁게 매달려 있다.

가까이 다가가 눈이 마주쳐도 아랑곳하지 않고 키득거리며 어설프게 담배를 피우는 폼이 잘못된 행동인 줄 아는 것인지 모르는 것인지 간덩이가 부은 것인지 당황스러웠다.

"변준영, 너 뭐 하는 거야?"

"담배."

어이없다. 한편으로는 저렇게 당당한 것이 귀엽기도 했다.

"담배는 어디서 났어?"

"아빠가 놓고 갔어."

"엄마한테 이른다. 빨리 버려."

이렇게 겁을 주듯 말하자 두 녀석은 담배를 집어던지고 도망을 가는데 동생의 자리에는 피우다 버린 담배가 대여섯 개비나 있었다.

연년생인 여동생하고 조용히 인형놀이나 소꿉놀이만 하다가 남동생이 노는 모습을 보니 어쩜 이렇게도 다른지. 여섯 살 차이 나는 동생이라 업어주기도 하고, 유모차도 끌어주고, 똥 기저귀도 갈아주곤 했는데 저러고 다닐 줄은 몰랐다. 엄마는 언제나 "동생 잘 봐라, 동생 챙겨라" 하지만 어디에선가 소리 없이 일 저지르는 남동생을 챙기느니 구경하는 재미가 쏠쏠하다.

어느 날, 남동생이 작은 옥상에서 떨어졌다. 나도 함께 옥상에 있었는데 나는 계단 쪽에서 언제나 그랬듯이 멍하게 생각 중이었고 동생은 발을 헛디뎠는지 작은 옥상에서 미끄러져 땅바닥으로 떨어졌다. 전혀 몰랐고 소리도 듣지 못했다. 웅성웅성 소리에 내려가 보니 동생이 바닥에 누워 있고 동네 아줌마들이 나와 계셨다.

엄마가 동생을 안고 병원으로 갔는데 귀에서 피가 났다고 한다. 병원에서 한쪽 귀에 붕대를 감고 온 동생은 오자마자 싸돌아다니며 노느라 정신없었지만 동생은 뇌에서 한쪽 고막으로 가는 신경이 완전히 끊어져 그날 이후 한쪽 귀가 전혀 들리지 않게 되었다.

옥상에 같이 있던 나는 위험한 옥상에서 노는 동생을 챙기지 못한 죄책감과 후회로 한동안 마음고생을 했다. 그날 붉은 남방에 고동색 멜빵바지를 입고 깡충거리며 저쪽 끝으로 가던 동생을 잡았어야 했는데, 같이 놀아줬어야 하는데…… 여러 가지 후회가 밀려든다. 미안하다, 동생아.

5월 15일 화요일

일어난시간 7시 10분 잠자는시간 10시 5분

나는 오늘 오빠랑
동생이랑 학교에서
철봉놀이를 했었다 참
제미 있었다

할아버지와 등목

거칠거칠한 목소리를 가진 할아버지는 귀가 잘 안 들려서 말끝마다 "뭐라고? 뭐라고 하는겨?" 되묻다가 알아들었는지 못 알아들었는지 헷갈릴 때쯤이면 느닷없이 귀청 떨어지는 큰 소리로 '껄껄껄 으하하하' 웃는다. 웃을 때는 눈을 감고 고개를 하늘로 쳐들며 한 손으로는 허공을 젖다가 코를 만지는데 할아버지 대화의 반은 웃음이고 반은 귀청 떨어지는 큰 목소리다. 유쾌한 할아버지의 웃음소리를 들으면 덩달아 웃게 되고 거칠거칠한 목소리가 웃음과도 잘 어울린다.

할아버지는 한여름에 특별하게 뜨거운 날이면 일하다 말고 집으로 온다. 오늘이 그날이다. 목수건으로 연신 이마의 땀을 닦으며 밀

짚모자 아래 붉어진 얼굴로 할아버지는 햇빛에 눈이 부신지 반쯤 눈을 감고 이글이글한 열기 속에서 아지랑이를 뚫고 걸어 올라온다. 굵은 땀이 머리에서 귀 뒤로 흘러 턱으로 뚝뚝 떨어지면 뒤꼍으로 따라가 등목을 해드린다.

할아버지의 더운 몸을 식히기 위해 처음에는 손바닥에 물을 묻어 조금씩 등에 바르는 듯하다 갑자기 차가운 물을 바가지로 들이부으면 나오는 할아버지의 숨 가쁜 반응이 재미있어서 땀을 많이 흘리는 할아버지를 보면 아무 때나 등목을 해준다고 생떼를 쓴다. 할아버지 등목은 전적으로 내 차지다.

"컥 컥 컥 어허, 천천히 해. 차가워. 컥 컥 컥."

"할아버지 차가워? 천천히 할게, 미안."

장난기가 발동한 나는 말만 그렇게 하고 더 많은 물을 세숫대야에 담아 이번에는 등이며 머리에 정신없이 쏟아붓는다.

"컥 컥 컥, 어허 시원타, 어허 바지 젖어."

차가운 물세례에 숨을 몰아쉬는 할아버지의 훈수가 재미있어 등목 시간을 일부러 질질 끈다.

"뭐가 웃겨. 그만 웃고 빨리 해. 할아버지 팔 저려. 빨리해."

등목을 할 때마다 뒤꼍이 떠나가도록 큰 소리로 웃어 다리가 휘고 배가 아프기도 했다. 누런 다이알 비누를 등이며 머리에 미끌미끌 바를 때는 거품 장난이 시작된다. 최대한 많은 거품을 만들어 머리에 수북하게 올린 뒤 얼굴까지 한꺼번에 문질러 발라댄다. 오래 비빌수록 거품이 많이 일어나 양손으로 등이며 머리를 팍팍 비벼대면 할아버지는 시원한지 가만히 기다린다. 거품 놀이에 빠져 거품을 날려가며 사정없이 때렸다가 비볐다가를 반복하면 기다리다 지쳤는지 할아버지가 재촉한다.

"눈 따가워, 물 뿌려. 할아버지 바빠."

등에 물을 부을 때면 비누 거품이 주르르 흘러내려 배 속까지 개운하다.

"어허 어허 시원타, 시원타."

찝찝했던 땟국물이 깨끗하게 사라지고 다이알 비누 향이 가득한 할아버지를 보면 십 년은 젊어 보인다. 등목을 마친 뒤 대청마루에 목침을 베고 철퍼덕 눕는 이 시간이 할아버지가 좋아하는 낮잠 시간이다. 하얗고 아기 머리카락처럼 보들보들 부드러운 할아버지의 머리를 만지작거리며 눈가에 주름을 펴보고 까칠한 턱의 수염도 비벼보고 유난히 긴 눈썹 몇 가닥을 찾아 당겨도 보지만 할아버지는 눕자마자 몇 분도 안 돼서 동글동글한 소리로 '드르렁드르렁' 코를 곤다.

할머니의 회색 눈

희끗희끗 회색빛 쪽진 머리끝에 낡은 은비녀. 가끔은 은비녀가 빠질 것 같아 끝까지 쳐다보지만 한 번도 빠진 적 없이 단단하게 붙어 있는 것이 용했다. 할머니가 은비녀를 빼고 머리 감는 날이면 나는 하던 일을 멈추고 옆에 바싹 붙어 공주를 모시는 하녀가 된 듯 시중을 든다. 벽에 붙은 거울을 떼서 얼굴이 잘 보이도록 비스듬히 받쳐 들고 굵은 빗, 가는 빗을 차례로 건네준다는 핑계로 할머니 머리를 만져볼 기회를 얻는다.

회색빛 숱 없는 초라한 긴 머리가 장판 바닥에 닿도록 길게 늘어지고 머리숱은 아래로 갈수록 새끼손가락보다 가늘어진다. 긴 머리를 풀어헤치면 누구나 풍성한 머리가 수북할 줄 알았는데 할머니 머리는 정반대다. 감은 머리카락을 옆으로 모아 가지런히 빗을 때마다 물방울이 장판 바닥으로 방울방울 뚝뚝 떨어진다. 앞에서 보고 뒤에서 봐도 풀어헤친 할머니 머리는 예쁜 구석이 하나도 없다. 거울을 향해 고개를 숙여 눈을 치켜뜨고 참빗 끄트머리로 가르마를 여러 번 가른다. 한 올의 흐트러짐 없이 빗질을 해서 물기 떨어지는 젖은 머리를 휘어 꼬는 듯하다가 그대로 말아 올려 비녀를 꽂는다. 쪽진 머리가 잘 어울리는 할머니의 머리통은 깎아놓은 밤톨처럼 반드럽다. 작은 머리에 적당히 튀어나온 이마와 광대, 높은 콧대를 가진, 동네에서 일등으로 예쁜 할머니다.

이렇게 예쁜 할머니를 두고 할아버지는 왜 영재네 할머니를 좋아하는지 알다가도 모르겠다. 동네 할머니들이 쑤군덕대는 소리를 들어서 알게 됐다. 바로 옆에서 놀고 있는데 어리다고 못 알아들을 줄 아는지 '쉬쉬' 하면서도 애들은 못 알아들으니 괜찮다는 시늉을 하며 서로 눈을 찡그리고 끄덕끄덕 별짓을 다 해가며 흉을 보는데 듣는 내내 흥미로워 미칠 뻔했다. 이럴 때는 어린애라서 못 알아듣는 척하고 듣는 것이 상책이다.

할아버지는 영재 할아버지가 돌아가시고 그 집 일을 도와주면서 오래전부터 영재 할머니와 정분이 났다고 한다. 예전에는 몰래 다녔는데 이제는 대놓고 다녀도 동네 사람들이 그러려니 하고 봐주고 그렇게 되자 할아버지는 하루에 몇 번이라도 뻔질거리며 문지방이 닳아빠지도록 영재네를 다닌단다. 이 소문은 동네 사람들은 다 알고 할머니도 알고 심지어 양쪽 자손들조차 인정하며 지낸다는 것이다.

그 말을 듣자마자 그동안 이해하지 못했던, 할아버지를 향한 할머니의 쌀쌀맞은 행동에 대한 실마리가 풀리는 듯했다. 할머니를 돕고 싶었다. 그 방법은 할아버지가 영재 할머니 댁을 안 가면 되는 것이라고 생각하고 밤낮으로 할아버지를 미행하기로 했다. 그날부터 대문 앞에 쭈그려 앉아 나가는 할아버지 길을 막고 어디에 가는지 왜 가는지 언제 들어오는지 캐물었다. 드디어 할아버지가 영재네를 간단다. 영재네 소리에 귀가 번쩍 뜨여 만사를 제쳐두고 할아버지를 따라나선다.

할머니 댁에서 그리 멀지 않는 가까운 곳이었고 커다란 감나무에 칡넝쿨이 칭칭 감긴 집이다. 빨래터를 오가다 자주 봤던 개울가 집일 줄은 몰랐다. 되도록 자연스럽게 행동하고 싶었지만 영재네 할머니 얼굴을 보자 괜히 잘못하다 걸린 사람처럼 행동이 어색해지고 오히려 다소곳해진다.

할아버지는 본인의 집처럼 성큼성큼 대문 안으로 들어가더니 뒤쪽으로 돌아 광문을 열고 무엇인가 찾아와서 마루에 걸터앉는다. 부억에서 영재 할머니가 반갑게 나오더니 할아버지 손녀딸이라고 어찌나 친절하고 다정하게 대해주는지 나쁜 할머니 같지는 않았다. 많이 통통한 몸집에 눈웃음이 가득한 순한 얼굴에 볼이 귀여운 영재 할머니 얼굴은 곰돌이 같다. 손에 뭐라도 쥐어주려고 분주하게 이 방 저 방을 돌아다니더니 사탕이며 과자를 꺼내 오시는 영재 할머니의 첫인상은 좋다.

"아이고 예쁘게도 생겼네. 어디서 살어? 이름이 뭐여? 몇 학년?"

머리를 쓰다듬으며 물어보는데 인자하고 따스한 음성에 거부감이 없이 마음이 풀어지는 것이 계획은 이게 아닌데 누그러진다. 할아버지는 웃고 있다. 저 표정은 수줍은 표정인지 행복한 표정인지 사랑할 때 나오는 표정인지 눈에 거슬리는 것이 영재 할머니보다 할아버지가 더 얄밉다. 우리 할머니를 지켜주러 갔다가 아무것도 못 하고 돌아왔다.

아무래도 할아버지의 노름과 바람기 때문에 오래전부터 징그럽게 속을 썩은 탓인지 할머니는 고독하면서도 슬픈 듯 오묘한 분위기가 생겼는데, 그 분위기에는 할머니의 눈동자도 크게 한몫을 했다. 큰고모는 할머니 눈이 고양이 눈 같아서 징그럽다고 하지만 할머니의 회색 눈동자는 묘하게도 괜스레 말을 걸어 위로라도 하고 싶어지게 만든다.

"할머니, 가만히 있어 봐."

"왜 그렇게 쳐다봐. 내 얼굴에 뭐 붙었어? 왜 그려?"

"할머니 눈동자가 예뻐. 최고로 예뻐. 나도 할머니 되면 할머니처럼 되고 싶어."

베개

방 안으로 빛이 가득 찰 때면
보석함이 열린다.

오색빛으로 반짝이는 베개
어두운 방구석의 사치품
손가락으로 주름을 만지작만지작

목단꽃 베개
복 베개
원앙새 베개
색동 베개

할머니, 고양이 베개도 만들어 주세요.

할아버지 세수

김이 모락모락 나는 세수 대야에서 할아버지가 세수한다. 고소한 아침잠이 아쉬워 이불 속에 더 눕고 싶어도 할아버지 세수하는 소리가 들리면 구경하러 나갈 수밖에 없다. 여름에는 뒤껻에서 세수하는 바람에 볼 수 없지만 겨울 방학이면 방문 앞에서 세수하는 할아버지를 편하게 볼 수 있다.

날이 추워 뒤꼍 수도의 물이 얼면 할아버지는 양철통을 메고 개울가에 가 물을 길어 와서 큰 항아리에 가득 채워 넣는다. 겨울이면 마땅히 씻을 곳도 없고 추워서 가족들은 방문 앞 마루에서 돌아가며 세수를 한다. 가마솥에서 방금 데운 김이 모락모락 피어나는 물을 그때

그때 필요한 만큼 가져와 찬물을 섞어 온도를 맞춘다. 방울방울 마룻바닥에 튀는 물이 동글동글 얼어버리고 대야 옆에 흐른 물도 그새 얼어 반질거린다.

눈이 하얗게 내린 날에도 할아버지는 어김없이 반팔 메리야스만 입고 세수를 한다. 할아버지는 두툼한 다이알 비누를 손바닥이며 팔뚝, 목, 머리까지 빠른 속도로 문질러 바른 후 거품을 만들기 위해 손에 살짝 물을 바르고 구두에 광을 내듯 비누를 문지른 자리를 규칙적으로 비빈다. 얼굴이며 머리, 팔뚝에 순식간에 비누 거품이 하얗게 일어나고 거품이 가득한 달걀귀신 같은 얼굴을 한 채 눈을 치켜뜨며 익살스런 미소를 지어 보인다. 이것은 추운 날에도 어김없이 나와서 할아버지 세수를 구경하는 대가로 받는 서비스다. 그때마다 매번 "와아, 할아버지 눈 안 따가워? 할아버지 최고!" 하며 환성과 박수를 보낸다.

"할아버지는 눈 안 따거워. 추운데 뭐하러 나와 앉아 있어? 얼른 들어가."

"할아버지 세수하는 거 구경하려고 나왔지. 할아버지 얼른 씻어, 구경하게."

말이 끝나자마자 대야 속에 얼굴을 가까이대고 손바닥으로 얼굴을 때리는지 '처적처적' 귀싸대기 맞는 소리, '딱딱' 어금니 부딪치는 소리, 코에서는 '드릉드릉' 하는 소리, 입에서는 크게 숨을 들이쉬는 '푸아푸아' 소리까지 할아버지만이 낼 수 있는 세수하는 소리와 요란한 모습은 혼자 보기 아까울 정도다. 세수하는 손놀림과 물소리와 할아버지에게서 나는 소리가 어찌나 잘 어울리는지 그 모습을 보고 있으면 응원이라도 하고 싶다. 마무리로 비누 거품 가득한 머리까지 물속에 집어넣고 쓱쓱 문지르며 도리도리 몇 번 하면 세수는 끝난다.

"할아버지 목! 목에 비누 남았어, 할아버지 귀 뒤에 비누 남았어."

고개를 든 할아버지 머리에서 솥뚜껑이라도 열린 듯 하얀 김이 모락모락 난다. 할아버지가 씻는 모습을 보면 따라 할 수 있을 것 같지만 온몸에 냉기가 올라와 고양이세수만 하고 들어온다.

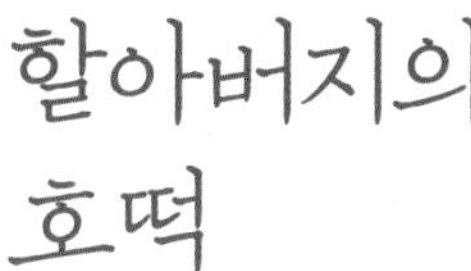

할아버지의 호떡

학교 수업을 마치고 집에 돌아와 막 대문으로 들어가는데 할아버지가 골목 끝에서 부른다. "갱아, 갱아!" 한 손에는 멀리서도 한눈에 알아볼 수 있는 찹쌀 호떡이 들려 있다. 천안 장날에서 사 왔나 보다. 시장에서 한쪽 팔이 없는 아저씨와 아줌마가 춤추며 만든다는, 할아버지가 사 오는 호떡은 아빠도 엄마도 모르는 세상에서 가장 맛있는 호떡이다. 꿀이 골고루 많이 발려 있고 반죽을 찹쌀가루로 만들어 식어도 쫄깃하고 막걸리 향이 일품인 이 집 호떡을 한번 먹어보면 다른 집 호떡은 먹을 수가 없다.

할아버지는 손이 커서 온 가족이 먹고도 남을 양을 사 오기에 동생들과 신경전을 벌일 필요가 없다. 할아버지는 많이 먹었다며 둘이 먹다가 하나가 죽어도 모를 호떡을 먹지도 않는다. "천천히 먹어. 손가락으로 꿀물 흐른다. 앞자락에 떨어지네, 떨어져." 그러면서 뭐가 그리 좋은지 연신 '껄껄걸' 웃는다.

호떡에 홀딱 빠져 정신없을 때 할아버지는 대문 근처로 무엇인가 가지러 가는 사람처럼 말없이 밖으로 가버린다. 저번에는 봉지 몇 개를 안뜰에 놓고 수도꼭지 틀어 물 한 번 마시고 후다닥 말도 없이 가버린 적도 있다. 눈치 못 채는 날에는 갑자기 사라진 할아버지 때문에 허탈해서 멍하니 대문 밖 골목을 쳐다보기만 하고, 운 좋은 날에는 얼른 따라 나가 배웅한다.

"할아버지, 내가 크면 할아버지 돈 많이 줄게."

"그려, 들어가."

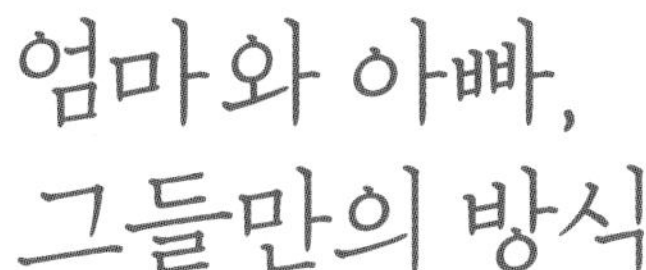

엄마와 아빠, 그들만의 방식

지금껏 살아오면서 엄마 아빠의 다정한 모습을 본 기억이 드물다. 애틋한 눈빛 교환 같은 거창한 다정함은 아니더라도 힘든 일을 하고 나서 서로를 주물러준다거나, 웃으면서 소곤거리는 둘만의 대화라거나 그런 사소한 다정함조차 기억에 없다.

가끔은 유머 감각이 워낙 뛰어난 엄마 때문에 아빠가 큰 소리로 웃는 일은 있지만 그것조차 가족 모두가 모였을 때만 있는 일이지 둘만의 대화에서는 웃는 일을 본 적이 없고, 어쩌다 서로 연락 없이 늦을 때 궁금해하는 걱정 섞인 모습을 보았지만 이것도 잠시뿐, 두 분의 평소 모습은 막 시합을 시작하려고 링 위에 오른 권투 선

수 같았다. 바싹 신경전을 벌이며 50여 년을 같이 살아오면서도 다행히 큰 싸움은 없었다.

신경전은 사소한 말싸움으로 이어져 일상생활의 모든 대화가 거의 이기고 지는 게임처럼 긴장감을 고조시키는데, 잘못을 먼저 인정하는 사람이 게임에서 지는 것이기 때문에 자신의 잘못을 절대 인정하지 않는다. 엄마의 일방적인 견해로는 모든 싸움의 원인은 아빠가 제공한다고 하지만 두 분은 똑같다. 매번 싸움의 승자는 논리적으로 말을 잘하고 표현력이 풍부한 엄마이고, 말주변 없고 억울하다고 큰 소리로 분위기를 험악하게 만드는 아빠는 불리한 입장이 되어 버린다.

옆에서 보기에 민망하도록 잔소리가 심한 엄마는 버릇없는 아이를 가르치듯 아빠를 향해 뭔가를 요구하고, 말귀를 못 알아듣는 것인지 엄마의 신경을 일부러 거슬리게 하려는 것인지 늘 반대로 행동하는 아빠도 답답하기만 하다. 밖에서는 법 없어도 살 사람이라고 칭찬이 자자한 아빠가 유독 엄마한테는 자식들인 우리보다 더 많은 잔소리를 듣고 사는 건 왜일까.

엄마 아빠의 부부싸움은 일방적으로 아빠가 혼나는 것처럼 보이기도 한다. 엄마는 아빠의 행동 하나하나를 눈여겨보고 고쳐야 할 점을 조목조목 열거하며 깔끔하게 의견을 펼친다. 매사에 정확한 엄마와 반대로 거칠고 대충대충 넘어가는 아빠의 성격은 두 사람 사이에 여러 가지 원인과 충돌을 제공했으리라.

이제 80세가 넘은 아빠는, 노년이 되면서 엄마의 잔소리에 감화된 것인지 호르몬의 영향으로 여성화한 것인지 꼼꼼해지고 깔끔해진 것이 눈에 띄게 달라졌다. 그중에서 가장 놀라운 것은 화장실 사용 방법. 아빠가 여자처럼 앉아서 소변을 본다. 깔끔한 엄마가 소변이 변기나 바닥에 튄다는 비위생적인 이유를 찾은 것 같은데 이 부분은 엄마의 의견에 전적으로 동의하지만 내 남편을 아빠처럼 만들 자신은 없다. 아무튼 남자가, 그것도 완고한 아빠가 앉아서 소변을 보는 모습은 상상이 안 간다.

또 한 가지는 식사하다가 뭔가를 흘릴 때에는 엄마의 지적이 있기 전에 휴지로 닦은 후 다시 식사를 하는 것이다. 예전의 아빠라면 엄마의 신경을 건드리려는 듯 대충 손등으로 쓱쓱 문질러 닦거나 흘린 그대로 식사를 하는 것이 보통인데 자식들이 결혼해 하나하나 집을 떠나 두 분만 살면서 서로에게 맞춰지듯 변해 가고 있나 보다. 엄마의 숨은 노력 덕일 것이다.

아빠는 이제 완벽에 가까워진 듯한데 엄마 눈은 좀 더 높은 곳을 향하는 듯하다. 여전히 아빠의 향상된 모습을 위해 열정을 쏟는다. 남보다 몇 배는 더디게 터득하는 아빠가 그동안 얼마나 많은 노력을 했는지 안쓰럽고 엄마의 잔소리를 잘 참고 따라주어 고마웠다.

어느 해 한 가지 사건으로 인해 엄마와 아빠에 대한 그동안의 편견은 사라졌다. 무더운 여름이 지나고 선선해질 즈음, 엄마는 아빠를 한국에 두고 혼자서 캐나다에 사는 여동생 집으로 약 7개월간의 일정으로 여행을 떠났다.

7개월간 아빠는 혼자이고 엄마로부터 자유이다. 엄마의 잔소리 없이 마음대로 생활할 아빠를 생각하니 내 속이 다 후련했다. 아빠가 좋아서 춤이라도 출 줄 알았는데 엄마가 떠난 후 시간이 지날수록 아빠의 전화 목소리는 기운을 잃어갔다. 친구들과 놀러 다니고 좋아하는 술도 마음껏 마시고 하루하루 바쁘게 지낼 줄 알았는데 자식들에게 안 하던 전화를 자주 한다.

캐나다에 계신 엄마의 허리와 무릎은 어떤지 안부만 묻고 저번에 엄마와 전화 통화한 내용만 자랑하듯 몇 번씩 되풀이하며 말하는 것이 아무래도 외롭고 허전한가 보다. 일주일도 안 돼서 이러시면 어떡하나 내심 걱정이 되었는데 그다음 일주일을 겨우 버티고서 아빠는 엄마가 그립다고, 하루 종일 되풀이되는 잔소리조차 그립고 엄마가 없어서 잠도 안 온다고 속내를 털어놓으신다. 어이없는 웃음이 푹 터져 나온다.

힘들게 한 달 가까이 버틴 후 아빠는 엄마의 잔소리를 향해 캐나

다로 떠났다. 항상 사소한 말다툼으로 서로를 힘들게 하며 사는 엄마 아빠를 이해하기 힘들었고 답답했는데 그것은 착각이었다. 신경전만을 벌이며 산다고 생각했던 당신들의 삶 속에는 우리가 모르는 그들만의 진한 사랑이 녹아 있었다.

이강의 호시절

이야기 여섯

그립고 그리운 오곡리 할머니 댁

할머니 댁 가는 길

엄마 아빠 없이 동생과 단둘이 할머니 댁으로 향하는 버스를 탔다. 몇 살 때부터였을까? 여름이건 겨울이건 방학이 다가오기 몇 주 전부터 할머니 댁에 가기 위한 준비를 시작했다.

준비라고 해봐야 옷 몇 가지와 방학 숙제를 하는 데 필요한 스케치북과 크레파스, 일기장과 아끼는 마론 인형이 고작인데 설레는 마음으로 가방을 쌌다 풀었다를 반복하며 가는 날을 손꼽아 기다린다. 죽어라 준비해 봐야 엄마 아빠가 움직이지 않으면 마냥 기약 없이 기다려야 하니 이번에는 어른의 도움 없이 동생과 둘이 버스를 타고 가기로 마음먹었다. 그동안 이날을 위해서 명절이나 할머니 할아버지 생신 때면 틈틈이 버스 시간과 '대평리' 라는 푯말을 외우고 대충 가는 방향을 익히려고 졸지 않고 버스 창밖을 내다보며 수시로 준비했다. 가장 힘든 관문은 내리는 장소다. 버스 안내 방송도 없이 전광판도 없이 누구도 알려주는 사람 없이 낯익은 장소다 싶으면 알아서 내려야 하는데 시골 풍경은 그 다리가 그 다리고, 그 나무가 그 나무고, 그 산이 그 산이다.

방학이 되기 무섭게 여동생과 함께 엄마의 허락을 받고 할머니 댁으로 출발하려 대문을 나서자 어젯밤까지는 자신만만했는데 갑자기 가슴이 두근거린다. 버스 정류장까지 30분을 걸어가며 별별 생각을 다한다. 과연 무사히 할머니 댁에 도착할 수 있을까? 길이라도 잃어버리면 산을 넘고 개울을 따라 집을 찾아올 수는 있을까? 걱정 반 설렘 반으로 동생의 손을 꼭 잡는다. 동생은 용감한 것인지 생각이 없는 것인지 웃는 얼굴로 춤이라도 추듯 '폴짝폴짝' 걸으며 콧노래까지 부른다.

막상 정류장에 도착하니 심장이 콩닥콩닥 거리고 얼굴이 굳어 버리는 것이 후회가 밀려온다. 억지로 웃어보려 하지만 웃음은 안 나오고 어른 없이 할머니 댁 가는 것이 과연 좋은 것인지 나쁜 것인지 갈등이 생긴다. 잠시 호흡을 가다듬고 할머니 댁에서 놀 생각을 하자 다시금 용기가 난다. 이제부터 시작이다. 정신을 바싹 차리자!

줄줄이 오는 버스에서 대평리 버스를 놓치지 않으려고 몇 번을 뛰어가서 푯말을 확인하지만, 차라리 천천히 와도 괜찮을 것 같다는 마음이 들었다 말았다 들었다 말았다. 하루에 몇 대 없는 버스를 놓치면 몇 시간을 기다려야 하지만 기다리는 시간이 길수록 일렁이는 마음이 잠잠해진다.

드디어 멀리서 '대평리' 버스가 눈에 들어온다. 몇 번을 확인하고 또 확인하고 주춤거릴 사이도 없이 자동으로 올라탄다. 이런 일을 감수하면서도 꼭 가야 할 정도로 할머니 댁이 좋은가 보다. 간신히 버스에 올라타 내리기 편하도록 출입구 쪽 자리에 앉은 뒤 이제 졸지 말고 정신 차리자고 동생과 눈빛을 교환을 한다.

황톳빛 뿌연 먼지가 버스 뒤를 바싹 따라붙고 정류장에 멈출 때마다 먼지가 버스 타고 내리는 사람들을 덮는다. 올라타는 사람에게서 흙먼지 냄새가 나고 흙먼지가 차창으로 훅 들이쳐도 얼굴 한 번 돌리지 않고 창밖만 쳐다본다. 버스만 타면 어김없이 꾸벅꾸벅 조는 동생의 눈도 틈틈이 확인한다. 한번 잠이 들면 널브러져 자는 동생을 흔들어 깨우다가 버스가 그냥 떠날까 봐 겁나기도 했다. 제대로 된 정거장도 없이 그저 비슷한 논과 밭, 거기가 거기 같은 야트막한 산을 계속 지나기 때문에 둘이서 조마조마한 마음으로 기억을 더듬거리며 낯 익은 다리라도 나오면 안도감에 서로 고개를 끄떡이며 미소 짓는다. 제대로 가고는 있는 것 같다.

할머니 댁 정류장에 가까워지기 시작하면 개울물이 서서히 넓어지며 높은 다리가 나오고, 그 다리를 휘어 감듯이 급커브로 꺾으면 바로 커다란 정자나무가 보이고, 저멀리 초등학교도 보인다. 덕지덕지 녹슨 빨간 지붕의 구판장이 보이는 곳이 바로 할머니 댁 정류장이다. 맞게 찾았다. 낯익은 곳에 내리니 저절로 웃음이 나온다. 버스 안에서 마음 졸이고 졸이느라 숨 한 번 크게 못 쉬었는데 제대로 도착했다는 안도감에 깡충깡충 뛰며 괜히 '헤헤헤, 하하하, 깔깔깔' 서로의 웃는 얼굴을 보고 기분이 좋아져 또 웃는다. 어른 없이 동생을 데리고 할머니 댁 정류장에 무사히 도착했다는 것에 짜릿한 성취감이 몰려온다. 성공 기념으로 구판장에 들어가 풍선껌과 할머니가 좋아하는 청포도 맛 사탕 한 봉지를 산다.

구판장 할아버지가 가만가만 보더니 "오얏골 변 씨네 손녀딸들이구나. 너희들끼리 왔어?" 하며 알은체를 한다.

"네에, 안녕하세요."

들뜬 기분에 평소보다 크게 인사를 한다.

"아이구야, 다 컸네. 너희가 학선이 자손이냐?"

아빠를 이렇게 이름만 부르는 것이 낯설어 한 번에 알아듣지 못했지만 왠지 그마저도 친근감이 든다.

"네에."

"너희 할아버지는 아침나절에 장에 가셨다." 하며 조그만 안경 너머로 웃으며 잔돈을 주신다.

아는 척을 해주니 어깨가 으쓱해져 귀가 째지는 큰 소리로 인사하고 나왔다.

할머니 댁으로 향하는 발걸음은 자신감으로 가득 찼다. 버스에서 내렸으니 오곡리 마을로 향해 골짜기를 지나 산모퉁이를 돌아 개울다리를 건너 높은 언덕으로 40분은 올라가야 한다. 무거운 짐도 가볍게 느껴지고 지나가는 사람도 가족같이 편안한다. 할머니 댁까지 이어지는 개울물 소리에 자연스레 개울 길로 향한다. 신발 속으로 주르르 물이 들어오니 차라리 속이 편하다.

"쫄쫄쫄" 물 떨어지는 소리가 나는 곳에는 작은 웅덩이가 있고 가느다란 물살을 따라 내려오면 송사리가 모여 있고 가장자리로는 자잘한 돌멩이가 물 방향에 따라 조르르 줄 서 있고, 그 안쪽으로는 두툼한 모래톱이 연결되어 있을 것이다. 마음에 드는 장소라고 생각되면 가방을 내려놓고 신발을 벗고 작정하고 논다. 물속으로 보이는 자잘한 돌멩이가 울렁이는 물결 따라 커졌다 작아졌다 한다. 가고 싶던 할머니 댁도 가깝고 꿈에 그리던 방학에 개울물 소리까지 듣고 있으니 세상 부러울 것이 없다. 유리알처럼 맑은 물속을 들여다보니 돌

틈으로 미꾸라지가 나왔다 들어갔다 하는 모습이 훤히 보이는 것이 마치 우리를 약 올리는 듯하다.

작년에는 할머니랑 가재를 잡아서 된장찌개를 끓였는데 할머니처럼 돌멩이를 살살 들어봐도 가재는 한 마리도 안 보인다. 할머니만 잡을 수 있는 특별한 재주가 숨어 있나 보다. 개울가에서 물장난도 하고 예쁜 돌멩이를 모아 물고기 집도 만들고 소꿉놀이도 한다. 한참을 놀다 정신을 차리고 다시 가방을 주섬주섬 들고 걷는다. 걸을 때마다 물이 반쯤 찬 신발에서 '쭈뻑쭈뻑' 소리가 나고 물방울이 뚝뚝 떨어져 흙바닥을 구르며 구슬로 변한다. 발에 차이는 돌멩이는 데구르르 굴러가고 그 옆으로 키 큰 풀이 한들거리며 바닥에는 자잘 꽃들이 고개를 끄덕거린다.

마을 중간쯤 오면 길 왼쪽에 우뚝 솟은 바위가 보인다. 옛날에 도깨비들이 밤에 자기들끼리 놀다가 심심하면 바위 뒤에 숨어서 마을로 향하는 사람에게 작은 돌이나 나뭇가지를 던져 사람들을 놀라게 했다는 곳이다. 분명 밤이라면 못 지나갔을 텐데 낮에는 도깨비가 잠자는 시간이다.

도깨비 바위를 지나면 길 옆으로 연결된 산 끝자락에 우리가 만들어 놓은 비밀의 정원이 있다. 방학이 되어 오랜만에 왔으니 잡초도 우거지고 울타리도 허물어져 뭐가 뭔지 분간할 수 없을 정도로 변해 버려 누가 먼저라고 말할 것도 없이 정원에 뛰어들어 손질을 시작한다. 풀도 뽑고 나뭇가지를 주워 울타리도 만들고 개울가에서 주워 온 작은 돌멩이를 바닥에 꾹꾹 박아 비밀의 정원이라는 이름을 쓴다.

비밀의 정원을 집으로 가져가고 싶다. 커다란 나무 그늘과 이끼 많은 작은 바위며 두툼하게 쌓인 낙엽까지 환상적이다. 출입구에 자잘한 잎사귀가 달린 나무가 비밀의 문처럼 휘어진 구조까지 완벽하다. 정원 안쪽에는 예쁜 돌만 모아서 만든 몇 개의 돌탑이 있다. 돌탑이라야 높이가 한 뼘도 되지만 낙엽 속에서 돌 찾는 일도 쉬운 일이 아니고 정성이 많이 들어간 작품이다. 동생은 할머니 댁에 갈 생각도 안 하고 정원 만들기에 빠졌다.

신발이며 옷이며 손톱 아래까지 새까매져서야 할머니 댁으로 향하는 마지막 언덕을 오르게 된다. 할머니 댁이 보이기 시작할 때쯤이면 버스에서 내린 지 몇 시간이 지나 있으니 할머니는 걱정된 얼굴로 대문 앞을 서성인다. 회색빛 쪽진 머리에 고양이 눈빛을 가진 우리 할머니다. 할머니를 부르며 언덕 위로 내달려 양손으로 할머니 손을 잡고 빙빙 돌며 소리소리 지른다.

커다란 양철 대문과 외양간에 소 한 마리, 헛간 근처 닭장 속에 병아리와 어미 닭, 야생화가 만발한 꽃밭과 크고 작은 가족사진 액자가 길게 늘어선 할머니 댁이 눈에 들어온다. 방문을 열면 할아버지가 곰방대로 피우던 담배 냄새와 방금 걸레를 쳤는지 비릿한 물 냄새가 난다. 어깨에 멘 가방을 벗어 던지고 밖으로 뛰어나간다. 사방이 놀이터이고 여기저기 우리만의 비밀 장소가 숨어 있으니 무조건 달린다. 우측 방향으로 돌아 방울무당이 살았던 절터 근처를 향해 큰골 밭을 향해 돌아 달리다가 다시 좌측으로 돌아 전력 질주로 동네 한 바퀴를 돌고 꽃분이 언니네 집을 끼고 할머니 댁 마당으로 들어온다.

할머니가 보고 싶어 버스 타고 왔다고 어젯밤부터 있었던 일을 몇 번이고 말하며 어리광을 부린다. 큰마음 먹고 버스에 오르던 아침을 생각하면 웃음이 나오지만 이제는 언제든지 마음만 먹으면 올 수 있다는 자신감이 생겼다. 우리 할머니가 보고 싶으면 혼자라도 올 수 있다.

동네

어린 시절 동네를 생각하면
가슴속에서 촉촉한 기운이 스며 나온다.

그렇게 아름다운 시절이 또 있을까?

노을이 보일 때까지 뛰어놀던 동네 주변에는
학교 운동장, 시냇물, 야트막한 산과
꼬물꼬물 골목길, 논
그리고 좀 더 걸어가면 기찻길도 있다.

모래 장난도 하고 그네를 실컷 탈 수 있던 학교
올챙이를 병에 담아 오던 논두렁
아카시아 향이 진동하던 야트막한 산
귀가 멍멍하던 기차 소리

친구야, 놀자!

손바닥 유리창

할머니 댁의 이른 새벽은 그릇 바닥에 가라앉은 미숫가루처럼 진하다. 성정동 집에서 경험해 보지 못한 새벽의 움직임을 보려고 꿀보다 달콤한 아침잠을 줄인다. 이불 속에서 뒤죽박죽 깊은 잠에 빠진 동생들의 모습을 보면 낮에 떼쓰고 들개 새끼들처럼 날뛰던 그 애들이 맞는지 의심스러울 정도로 하나같이 천사 같은 표정을 하고 있다.

어떤 날은 일찍 눈을 떠도 따스하고 몽글거리는 이불 속이 좋아서 천장을 보며 벽지 모양을 따라 미로 찾기 놀이를 하며 시간을 보내고, 어떤 날은 눈을 뜨자마자 괜히 차가운 밖이 궁금해져 밖을 내다보려 곧장 방문으로 향한다.

할머니 댁 방문은 창호지를 붙인 얇은 종이 문으로 처음에는 종이로 된 방문이 무슨 장난인가 싶어 손가락으로 구멍을 내려 몰래 눌러봤지만 마음먹고 앉아서 침을 듬뿍 발라 적시고 적셔 종이 결을 갈라 두 손으로 벌여 구멍을 내야 겨우 틈이 보일 정도로 단단하다. 뭐든지 야무지게 하는 할머니 솜씨는 그리 만만하게 넘어가는 법이 없고 창호지 방문조차 야리야리하게 꽃잎과 단풍잎을 넣어 햇살이 비추면 꽃밭으로 보이는 것이, 우리 할머니는 낭만을 안다.

어느 집이나 방문 중간쯤이면 어김없이 한 사람만 볼 수 있는 아기 손바닥만 한 유리창이 하나씩 붙어 있는데, 새벽 시간이 손바닥 유리창을 혼자만 독차지할 수 있는 유일한 시간이다. 평소에 재미난 일을 하다가도 작은 창문 구멍에 눈이라도 댈 때면 동생들 중 누군가가 다가와서 탐을 내니 새벽 시간이 최고다.

조심스레 작은 유리창에 자리 잡고 눈을 갖다 대자마자 밖의 촉촉한 새벽 공기가 창 너머로 느껴진다. 아득하게 보이는 앞산 꼭대기에는 칡덩굴을 칭칭 감은 물구나무서기 나무가 선명하게 보인다. 그 나무는 해 질 녘 어둑어둑해지면 머리를 풀어헤친 귀신처럼 보여 일부러 안 보려고 머리를 흔들어 어지럽게 만들거나 눈을 반쯤 감고 스쳐보곤 했는데 새벽에는 별 마음 없이 바라볼 만했다.

커다란 산 앞으로 그 옆으로 또 그 옆으로 다섯 개의 산이 겹겹이 보이고 새벽 공기에 축축하게 젖은 산은 안개를 이불처럼 끌어안고 있다. 언덕 위에 있는 할머니 댁 아래로 넓게 보이는 밭에는 콩이 가득할 때, 들깨가 가득할 때, 고추가 가득할 때마다 마을 분위기가 달라진다. 콩이 가득한 여름엔 녹색물이라도 흐르듯 온통 진녹색으로 보이고, 들깨가 가득한 때에는 방에 앉아 있어도 들깨 향이 '고스름고스름' 하게 올라와 찬장에 들기름 뚜껑이라도 열렸나 갸우뚱거리게 되며, 고추밭에 고추가 가득하면 울긋불긋 물이 들고 밭 가장자리에는 옥수수가 삐죽빼죽 꽂혀 있어 엉켜진 실패를 쑤셔 박아 놓은 듯 옥수수수염은 익어갈수록 산발을 하고 있다.

밭 옆으로 오솔길이 보이다 안 보이다 구불구불 그 길은 밀가루보다 고운 흙이 깔려 있다. 비가 많이 오는 날이면 주먹보다 큰 차돌멩이가 오솔길에 뎅굴뎅굴하고, 비와 함께 하늘에서 떨어진 것처럼 미꾸라지가 길바닥 가운데 갈라진 골 사이에 심심찮게 누워 있다.

하얀 돌을 찾는다. 아무리 찾아도 없던 차돌이 비 오는 날이면 하늘에서 솟았나, 땅에서 솟았나 싶을 만큼 많이도 나온다. 손에 쥐기 좋은 차돌 두 개를 주워 두툼한 이불 속으로 들어가 맞부딪치면 반짝반짝 불꽃이 튀는데 불꽃도 좋지만 불꽃이 튈 때마다 나는 불 냄새가 좋다. 힘껏 부딪치다 반짝이는 불빛에 정신 팔려 손가락이 부딪쳐도 동생들 앞에서 '아얏' 소리 못 하고 참느라 눈물이 쏙 빠지기도 한다.

작은 창문에 홀딱 빠져 이 생각 저 생각을 하며 혼자만의 아침 시간을 보내고 있는데 어느새 동생이 일어났는지 툭툭 친다. 아직도 볼 것이 많다. 같은 새벽, 같은 산, 같은 나무, 같은 길이라도 볼 때마다 다른 할머니 댁의 새벽은 감동이다.

할머니 방

어린 시절 할머니 댁은 시간의 흐름조차 망각하게 하는 특별한 곳이다. 새벽 안개가 자욱한 이른 아침 제일 먼저 눈을 뜬다. 어느새 할머니 할아버지는 나가셨는지 넓어진 이부자리 위로 몸을 쭉 뻗고 종이로 펴 바른 울퉁불퉁한 천장을 바라보며 움푹 파이고 쪼글쪼글한 곳 찾기 놀이를 한다.

누런 천장에 아슬아슬 걸려 있는 늘어진 형광등 줄은 점점이 찍힌 파리똥과 오래된 방 안 공기에서 쥐어짠 기름기로 끈적여 보인다. 천장 모서리마다 날카로운 삼각자 형태가 아닌 반원형으로 벽지가 울어 있다. 그래서일까. 할머니 방은 부드러운 곡선이다.

아랫목 바로 위쪽에 있는 큰 다락은 할머니의 보물 창고다. 과자, 사탕, 떡, 금은보화가 가득해서 말만 하면 무엇이든 나온다. 높고 어두워서 들여다본 적이 없지만 할머니는 우리들을 조르르 나이순으로 서게 하고 사탕을 하나씩 입에 넣어주든가 양 손바닥에 과자 한 주먹씩 쥐어 주곤 했다.

다락 오른쪽에는 달력이 걸려 있고 그 옆으로 작은 다락이 하나 더 있다. 작은 다락 속에는 반짇고리, 윷놀이, 화투, 필요할 때 쓰려고 모아둔 달력 종이며 신문지가 들어 있고, 그 다락문 바로 오른쪽에는 할머니 댁의 유일한 거울이 걸려 있다. 바로 옆으로 할머니 할아버지의 한복 입은 사진이 나란히 걸려 있으며 여기부터는 환갑잔치 사진이며 손자손녀의 백일잔치며 돌잔치 사진, 고모와 삼촌들의 결혼

사진이 빽빽하고, 오래된 흑백 사진 속의 할머니 할아버지는 청춘이다. 노란 원피스를 입고 현충사에서 오빠랑 찍은 사진은 내가 봐도 예쁘다.

방 안의 사방 벽 중에서 가장 잘 보이는 TV 윗부분은 가족 앨범 벽이다. 사진 옆에는 오래돼서 뿌옇게 된 괘종시계에서 성의 없이 냄비 뚜껑을 두드리는 듯한 '땡땡댕' 소리가 난다. 괘종시계 위에는 작년에 선물한 어버이날 카네이션 꽃과 할아버지의 아주까리 머릿기름병이 숨겨져 있다. 그 아래로 건넌방으로 통하는 문이 보이는데 벽인지 방문인지 분간하기 힘든 비밀의 문으로, 이 방문이 할머니 방의 숨은 보석이다. 창호지나 나무로 된 문이 아니라 방 벽지로 발라놓은 문이라서 모르는 사람이라면 벽인지 문인지 구분하지 못한다.

벽에 두꺼운 연필로 금만 그어 놓은 듯한 비밀의 문을 밀면 건넌방이 슬며시 보이며 유독 문지방이 높은 이 방을 혼자 힘으로 들어가려면 여덟 살 정도는 되어야 가능하다. 그것도 다리 하나를 걸쳐 앉았다가 또 다른 다리를 한 손으로 걷어 올려야 겨우 건널 수 있다. 건너다 말고 문지방에 앉아서 말타기 놀이를 하거나 발을 짚고 일어서기라도 하면 어른들 중 누군가가 문지방을 밟으면 지붕 무너진다고 하는데 이유를 모르겠다. 이른 아침 이불 속에 누워 방 안 여기저기를 살펴보며 게으름을 떠는 맛은 깨소금 맛이다.

건넌방

작은방에 들어선다. 진한 달달함이 도는 윤기 나는 색감 속에 혼자 선다. 동생들과 마당에서 잘 놀다가도 작은방 문이 눈에 들어오면 무엇인가에 홀린 것처럼 혼자서 신발짝을 내동댕이치고 뛰어든다. 햇살 가득한 마당에서 한나절을 보내다가 갑자기 들어선 어두운 방 안은 할머니가 아끼는 밤꽃 꿀단지 속이라도 들어온 듯 거무스름한 갈색으로 내딛는 발을 주춤거리게 만든다. 색이 제자리로 돌아오는 과정을 보고 싶은 마음에 눈을 부릅뜨고 두리번거리며 잠시 기다린다.

이 방은 들어설 때마다 새로운 보물들이 늘어난다. 방 안 구조는 작은 직사각형에 앞뒤로 똑같은 크기의 창호지로 바른 방문이 마주 보고 있고 앞문은 앞마당을 향하는 마루에 있어 들락날락거리는 출입문으로 사용하고, 뒤꼍을 향하고 있는 뒷문은 어쩌다 막냇삼촌이 딱 한 번 나가는 것을 봤을 뿐 거의 사용하지 않는다.

왼쪽 벽면 중간에 안방으로 통하는 문이 또 하나 달려 있다. 그 문은 누군가가 문이라고 일러주기 전에는 문이라는 것을 눈치채지 못하게 그냥 벽에 사각형으로 금을 그어 놓은 듯 성의 없게 삐뚤어진 형태를 하고 있다. 알쏭달쏭함이 숨겨진 이 방은 한여름 대낮에도 무섭지 않을 정도의 편안한 어두움으로 또 다른 상상을 자극한다. 손님이 많은 날에는 손님방으로 사용하고 곡식이 많은 가을에는 곡식 창고로 사용하다가 메주를 띄우거나 술을 담글 때는 냄새 나는 방으로 사용한다.

어느 해엔 노란 콩나물 대가리가 수북하게 올라온 시루가 다라이에 걸쳐 있을 때도 있었다. 비릿한 콩 냄새에 노란 콩대가리가 어찌나 빽빽하고 예쁘던지 틈만 나면 몰래몰래 콩대가리를 손바닥으로 꾹꾹 눌러 확인했고, 양재기로 물을 줄 때마다 콩나물 썩는다고 그만 주라는 할머니의 귀신 같은 목소리에 깜짝 놀라곤 했다.

건넌방 안에 있는 세 개의 방문 중 뒤꼍을 향하는 문 앞에는 재봉틀이 세워져 있다. 재봉틀 발판을 밟으면 빽빽하게 돌아가는 자전거 같아 발판에 엉덩이를 대고 앉아 앞뒤로 흔들거리며 어렵게 어렵게 엉덩이로 페달을 굴러보지만 생각보다 재미가 없다.

이제 재봉틀 앞부분에 삼각형으로 달려 있는 서랍을 열어볼 차례다. 서랍인 줄도 모르고 만져보다 툭하고 앞으로 벌어진 서랍 속에는 아기자기한 색상의 색실과 골무, 실패, 쪽가위, 단추, 옷핀 같은 오만 가지가 올망졸망 만지기 아까울 정도로 귀엽다. 누가 이렇게 오래되고 빛바래고 손때 묻은 오방색의 작은 것들만 모아 놨는지 동화책 속에서만 상상하던 천사의 물건이 따로 없다. 최초로 발견한 서랍 속 보물! 만지기도 아까운 것들을 바라보기만 하고 닫아두었다.

나만 알고 싶은 비밀이고 동생들에게도 비밀이다. 그 후로 할머니 댁에 가면 건넌방 재봉틀 서랍 속부터 열어보고 그것들이 제자리에 있는지 여전히 예쁜지 확인하며 항상 그 자리에 있기를 바랐다. 그저 보기만 해도 힘을 주는 것이 건넌방에 수두룩하게 모여 있으니 아무 때나 불쑥불쑥 들어와 행복해하기만 하면 된다.

이불

어둠침침한 건넌방은 좁다.

워낙 좁은 방인데다 많은 옷가지와 살림살이가 구석구석 박혀 있고, 쌓여 있고, 걸려 있고, 딱 봐도 옛날 것처럼 생긴 장롱이 세 개에 그 위에는 보따리, 작은 상, 큰 상이 켜켜이 겹쳐 있고, 무엇이 들어 있는지 알 수 없는 오래된 누런 박스가 크기별로 촘촘히 천장까지 쌓여 있다. 재봉틀, 앉은뱅이책상도 나란히 자리하고 벽에는 하얀 천을 칭칭 감은 긴 못에 철 지난 옷이 3, 4개씩 겹쳐 걸려 있으며 십자수로 수놓은 광목천으로 감싼 한복도 여러 벌 걸려 있다.

언니의 책상 위에는 책 대신 이불이 가지런히 쌓여 있고 천장 쪽

맨 윗부분에는 올망졸망한 베개가 찔러 박혀 있고 바로 옆 재봉틀 위에도 나머지 이불이며 베개가 조심스레 쌓였다.

어두운 방구석에 놓인 화려한 꽃무늬 이불 더미는 할머니가 안 계신 날 최고의 놀이터다. 켜켜이 쌓인 이불 앞에 서서 꽃무늬를 손가락으로 따라 그려보면 색색별 요란한 꽃 중에서도 노란색 목단꽃이 어두운 방에서도 유난히 빛이 난다. 많은 이불 중에서 우리가 덮는 이불은 주황색 바탕에 리본을 맨 곰돌이가 꽃다발을 들고 뾰족한 벽돌집 앞에서 나비를 잡으려고 뛰어다니는 이불이다.

두툼하고 딱딱한 색동 요때기는 할아버지만 갤 수 있을 만큼 무겁고 커서 요때기 속에 들어가면 숨이 막히고 무거워 끌고 몇 발자국 가기도 힘들다. 색동 요때기의 일곱 가지 색은 무지개 색과는 다르게 노랑, 보라, 빨강, 연두, 흰색, 자주, 파랑이며 할머니는 오방색이라고 부른다.

쌓인 이불 사이로 손을 비집어 넣어보고 발도 넣어보다가 머리도 넣어본다. 떨어진 베개로 계단을 만들어 이불 위로 올라가려다 베개만으로는 부족해서 장식장 위에 있는 이것저것 묶인 보따리까지 쌓아놓고 겨우겨우 이불 위를 올라간다. 어차피 처음 본 순간부터 이불 위에 올라앉고 싶었으니 할머니한테 혼나도 할 수 없다. 산처럼 높이 쌓아 놓은 이불을 보면 올라앉고 싶었고, 이불 위를 올라가는 기분은 키 큰 나무 위를 올라가는 것처럼 아슬아슬했다. 어렵게 이불 꼭대기에 앉아 있으니 성취감 비슷한 전율이 온다. 살짝 흔들거리는 움직임에 가만히 앉아 눈을 감고 중심을 잡아야지 크게 몸놀림을 하면 이불이 무너질 것처럼 크게 휘청거린다. 위에서 내려다보니 생각보다 꽤 높은 곳에 올라온 듯 현기증이 나서 숨고르기를 해야 했다.

어디선가 바람이 불면 알록달록 꽃무늬 이불은 꽃향기도 나고 잠자리와 나비도 날아다니고 폭신한 꽃밭 위로 무지개다리가 생기더니 앉아만 있어도 뛰고 있고 날고 있는 기분이 든다. 반짝이는 공단이불 위에서는 이른 새벽 시골 아침 냄새, 방금 빨랫줄에서 걷은 빨래 냄새, 할아버지 머릿기름 냄새, 누룽지 냄새가 난다.

이처럼 할머니 댁 건넌방은 또 다른 세상으로 가는 통로가 된다. 들키면 할머니한테 혼난다 해도 올라오길 잘했지, 하마터면 이 좋은 것을 못 하고 살 뻔했다.

한여름 밤

한여름 열기가 한풀 꺾인 저녁나절 앞산이 훤히 보이는 높은 툇마루에 앉아 먹는 저녁은 설렘으로 가슴이 몽글거린다. 이런 날은 자주 있는 일이 아니고 많아야 여름에 두세 번 있는 일이니 며칠 동안 먹던 같은 반찬이라도 밥상에 꿀을 발랐는지 맛부터가 달라진다.

할머니 댁은 집 자체가 언덕 위에 있어 높은데 더 높은 툇마루에 앉아 있으니 먼 곳으로 소풍이라도 온 기분이 든다. 밥 먹기 전에 밥상머리에 앉아 두리번두리번하며 내려다보고 있으면 아랫길에서 마을로 오가는 사람들의 등허리까지 훤히 보이고 골목길로 다니는 동네 사람들 정수리까지 내려다보인다. 게다가 집이 마을 초입에 자리 잡고 있어 마을로 들어갈 사람들은 할머니 댁 담벼락 사이로 올라가든 돌아가든 해야 하니 밥을 먹다 보면 지나가는 동네 사람들이 한 마디씩 말을 건네 할아버지는 밥이 입으로 들어가는지 코로 들어가는지 모르겠다 하면서도 말을 이어간다. 평소보다 긴 시간 동안 밥을 먹는 것도 좋은데 툇마루에서 저녁 먹는 날은 마당에 멍석을 까는 날이기도 하다.

저녁을 먹고 나면 할아버지는 광에서 두툴두툴 집채만 한 원형 멍석을 가져다 깔고 모깃불을 준비하느라 낫 모가지를 짧게 쥐고 나간다. 큰 멍석 하나만 펴도 마당 가운데를 가득 차지한다. 멍석은 소의 등 같다. 멍석 색이 소와 같아서일까 아니면 소털의 까칠한 느낌이 멍석과 비슷해서일까? 소 등에 올라탄 것처럼 두둥두둥 들뜬 기분에 환호성을 지르며 멍석에 등을 비비고 뒹굴고 신이 난다.

할아버지가 들어오나 보다. 얼마나 많은 모기풀을 베어 오는지 얼굴은 안 보이고 풀 덩이만 덤벙덤벙 움직이는 모습이 다리 없는 풀 귀신 같다. 마당 한가운데에 모깃불이 피어오르고 바람의 방향에 따라 매운 연기가 흔들거리다 멍석 안으로 들어오면 적군이라도 나타난 듯 연기를 향해 발차기를 하며 주먹을 휘두르며 소리를 지른다. 짓궂은 남동생은 연기를 따라 이리저리 뛰어다니다 넘어져 무릎이 까진다.

할머니가 '꺄아익' 소리를 내며 커다란 부엌문을 열고 쟁반 가득 옥수수를 내온다. 오늘은 신나는 날이다. 김이 모락거리는 알록달록한 옥수수에서 진한 옥수수 향이 난다. 손뼉을 치고 만세를 부르며 기분 좋을 때만 나오는 개다리 춤을 추다가 원숭이 소리까지 내며 이리 구르고 저리 구르며 오두방정을 떤다. 방금 저녁을 배불리 먹었는데도 옥수수 귀신이 붙었는지 옥수수가 꾸역꾸역 들어간다. 더 먹고 싶은데 부른 배가 어찌나 얄밉던지……. 목구멍까지 옥수수로 채워진 느낌이다.

할머니는 옥수수수염을 떼지 않고 그대로 찐다. 옥수수 알 사이사이에 낀 옥수수수염의 달달한 맛이 입안에서 썩썩 씹히는 듯하다가 사라져 녹는다. 그 느낌이 할머니 옥수수의 특별한 점이다. 옥수수 먹기 전까지만 해도 훤히 보이던 마당이 뒤꼍부터 어둑어둑 해가 지고, 부른 배를 통통 두드리며 멍석에 누워 연한 코발트블루색 하늘에서 빛나는 별을 찾아본다.

별을 보며 누워서 옥수수를 먹는 이 시간은 할아버지 할머니가 주는 한여름 밤의 행복이다. 너무 행복해서 소리를 지를 뻔했다.

소여물

저녁나절이면 진종일 안 보이던 할아버지가 어김없이 삼촌 방 아궁이 앞에서 분주하게 소여물을 쑨다. 소 장사를 하던 할아버지는 소에 대한 사랑이 어찌나 끔찍한지 한 번도 거르지 않고 매번 같은 시간이면 귀신처럼 나타나 소밥을 만들어 놓고 후딱 사라진다.

아궁이 속에서 불이 바쁘게 타오르고 커다란 가마솥 위로 김이 오르면 풀인지 짚인지 콩인지 콩깍지인지 갖가지 형태가 보일 듯 말 듯 부풀어 오른다. 할아버지의 소여물에서는 세상에서 가장 맛있는 냄새가 난다. 건더기가 많은 진한 미숫가루 색의 국물이 부글부글 끓어오르면 여물을 한 번씩 뒤집는다. 그때마다 앞이 안 보일 정도의 김이 바람의 방향에 따라 피어오르고 구수한 냄새가 솟아나면 어찌나 군침이 도는지 할아버지의 여물을 먹을 수 있는 소가 부러워진다.

뻣뻣하던 짚과 콩깍지가 부드럽게 뒤엉키면 다 된 거다. 뜨거운 김이 모락거리는 여물을 긴 손잡이가 달린 나무바가지로 떠서 몇 번을 왔다 갔다 하며 여물통에 가득 채워주는 동안 외양간에 있는 소는 할아버지를 하염없이 바라본다. 세상 측은하다. 기다리는 동안 침을 뚝뚝 흘리며 꼬리를 외양간 흙벽에 탁탁 치고 콧물까지 튀겨가며 크게 한숨을 쉬는 것이 가관이다.

그쯤이면 여물통에 여물이 채워지고 김이 확 올라오니 뜨거워서인지 가까이 가다 말다 가다 말다 냄새만 맡으며 연신 도리질을 한다. 소가 여물 먹는 모습이 보고 싶어 식을 때까지 기다린다. '쩝쩝 치부적 치부적' 씹는 소리는 맛있다는 소리다. 빨랫비누처럼 하얀 혀가 달팽이 몸처럼 늘어졌다 오므라들었다 하면서 좋아하는 옥수수와 콩이 뒤범벅된 부분을 찾아 우선적으로 쏙쏙 빼먹는다. 다 먹을 때까지 지켜보며 중간중간 여물을 가운데 부분으로 몰아줘야 남김없이 먹는다. 멀쩡하다가도 소가 여물을 다 먹을 때쯤이면 영락없이 배가 고파진다.

봉숭아 물

여름이면 손톱에 봉숭아 물을 두세 번은 들인다. 잘 들여지는 해에는 두 번만 들여도 검붉은색이 나오지만, 대부분 흐리멍덩한 김칫국물 색이다. 봉숭아꽃을 보면 만일을 제쳐두고 두근거리는 마음으로 꽃과 잎사귀를 딴다. 붉어질 손톱을 생각하면 어깨춤이 절로 난다. 곱게 다져놓은 꽃잎과 잎사귀를 밥숟가락에 밥을 올려놓듯 욕심내어 손톱 위에 수북수북 올려놓고 비닐로 답답하지 않을 정도로 동여맬 때마다 아까운 꽃물이 발등 위로, 무릎 위로 뚝뚝 떨어진다.

손톱에 꽃 뭉치를 달고 빠지지 않게 조심하며 기다리다 보면 손가락 끝이 저릿저릿해져 신경이 쓰이는데 동생 손에 붙어 있던 봉숭아는 30분도 안 돼서 절반이 도망갔다. 관심이 없는지 손이 저려서인지 동생은 도망간 봉숭아를 아까워하지도 않는다. 짧은 시간에도 손톱은 김칫국물 색으로 물들어 있고 손가락 끝부분은 쪼글쪼글 불어 있다.

저녁에 할머니가 밭에서 오면 봉숭아 노래를 불러야겠다. 할머니표 봉숭아는 검붉은색이 특징으로 봉숭아꽃과 잎사귀를 햇볕에 꾸들꾸들하게 말려 사용한다. 방학이면 두 번씩 손톱에 물들여주는 할머니는 언제나 잠자리 들기 전 손톱에 봉숭아를 묶어준다. 참하게 자는 사람은 봉숭아 물이 진하게 들고 험하게 자는 사람 연하게 물이 들어 예쁘지 않다며 누가 험하게 자는지 살펴본다면서 손가락마다 일일이 봉숭아를 묶어준다.

우리가 만든 봉숭아처럼 꽃물이 많은 것도 아니고 수북수북 올려놓는 것도 아닌데 아침에 봉숭아 뭉치를 벗겨보면 어찌나 진하게 물이 들었는지 검은빛이 돈다. 첫눈이 올 때까지 손톱에 봉숭아 물이 남아 있으면 첫사랑이 이루어진다고 하던데, 첫사랑이 이루어졌으면 난 정말 망했을 것이다.

구판장

이 속에 들어가서 가게 주인으로 살까?

먹고 싶은 거나 집어 먹고
오고 가는 마실꾼과
시답잖은 농을 해가며

분위기 타고 싶으면 앞산을 바라보다
장자를 그리워하며

사는 게 별거지.

반딧불

할머니 댁 돌담 중간쯤 왔는데 어두운 돌 사이에 반짝이는 작은 불빛이 날고 있다. 순간 이것이 반딧불! 기다리고 기다리던 반딧불에 눈을 의심한다.

"반딧불이다!"

"언니, 어디 어디 나도 좀 보자. 나도 나도."

동생들이 난리가 났다. 반딧불을 동화책이나 영화에서 천사 혹은 요정의 이미지로 보기만 했을 뿐 이렇게 직접 본 것은 처음이다. 멀리서는 희미하고 금방이라도 꺼질 듯 힘없어 보이지만 가까이 다가가서 보면 작지만 강하게 반짝반짝 빛난다. 돌담 사이에서 여러 마리가 몰려서 걸어 나오다가 공중으로 빙그르르 천천히 허공을 유영하듯 가슴께나 머리 부근에서만 왔다 갔다 한다. 반딧불이 날고 있는 쪽을 따라 걸어본다. 내내 그 주변만 빙글빙글. 다른 벌레들처럼 빠르지도 않고 먼 곳으로 날지도 않고 착한 벌레 같다.

손가락을 들어 날고 있는 반딧불을 따라가 보니 손가락에 내려앉는다. 다른 벌레라면 무서워서 얼른 털어버릴 텐데 왠지 선택받은 느낌이 들어 기분이 으쓱해지고 동생들이 부러워하는 시선으로 우르르 몰려든다. 벌레가 손가락으로 기어 다니는 징그러운 느낌이라기보다는 작은 발가락이 발레를 하듯이 사뿐사뿐 걷는 느낌이다.

반대편 손으로 얼른 잡아서 밤새 방 안에서 보려고 할머니 뒤뜰에 닦아 엎어둔 소주병에 살살 넣었다. 동생들도 신이 나서 불 꺼진 어두운 방으로 들어온다. 급하게 들어오느라 분명 슬리퍼 한 짝은 마당 어딘가로 날아간 느낌이 든다. 병 속에 들어간 반딧불은 조금 시간이 지나자 화가 났는지 겁에 질렸는지 깜빡깜빡하더니 밖에서 본 것처럼 반짝이지 않고 희미해지다가 결국 완전히 꺼졌다. 궁금해서 벌레가 사라지기라도 했는지 형광등을 켜고 보니 상상 속에 천사나 요정처럼 생긴 모습이 아닌 그냥 작은 딱정벌레다.

불빛만을 생각하면 몸은 무지갯빛으로 반질거리며 엉덩이 부근에는 아마도 동그란 모양의 작은 구슬이 붙었을 것이라고 상상했는데 그저 평범한 검은색 벌레다. 이런 볼품없는 벌레가 아름답고 강렬한 빛을 내다니 묘한 감동이 느껴진다. 병 속이라 답답해서 숨을 못 쉴 것 같아서 반딧불을 만났던 돌담의 평평한 곳에 내려놨다. 보기만 할 걸 괜히 데려와서 불만 꺼지게 한 것은 아닌지 만지다가 다친 것은 아닌지 미안했는데 다시 희미하게 껌뻑이더니 불이 켜졌다. 아까운 마음은 들었지만 반딧불은 역시 밤하늘을 날면서 반짝일 때가 잘 어울린다.

어두운 돌 틈에서 깜빡이던 반딧불이 흔하디흔하게 생긴 볼품없는 검정 벌레의 생김새였다니! 세상 무시하고 함부로 대할 게 하나도 없다는 생각이 든다. 하찮게 여기던 그런 모습에서 아름다운 불빛을 품고 평생 잊지 못할 감동의 순간을 보여준 반딧불은 엄마가 하는 말 중에 "사람을 겉모습만 보고 판단하지 말라."는 말을 이해하게 해줬다.

뒷마당

말랑말랑하고 촉촉하며 울퉁불퉁하고 뒤죽박죽된 뒷마당은 마구잡이 속에 재미가 가득하다. 맨 뒷자리에는 가지가 휘어져 내려앉을 정도로 덕지덕지 매달린 호두나무 한 그루가 버티고 그 옆에는 감은 열리지도 않으면서 오로지 잎사귀만 빽빽한 감나무가 있다. 해마다 할머니는 감나무에 감이 안 열리는 것이 암놈이어야 하는데 수놈이라 그렇다면서 수놈은 아무짝에 쓸모도 없이 잎사귀만 달고 나온다고 푸념한다. 아마도 할아버지 때문에 수놈에 대한 분노가 있나 보다.

감나무 앞쪽으로 기괴한 고욤나무가 보이는데 오래된 고목나무처럼 둥치가 두툼한 고욤나무는 가지가 뻗기 시작하는 지점부터 반반씩 다른 모습을 하고 있다. 반쪽은 시커먼 닭발처럼 빳빳한 짧은 가지 몇 개가 뻗어 있고 나머지 반은 은행알처럼 동글거리는 고욤들이 촘촘하게 달라붙어 주홍빛과 초록빛이 어찌나 조화로운지 올라갈 수만 있다면 나무 위에 올라앉아 제대로 감상하고 싶은 심정이다. 고욤나무가 반반씩 다른 모습을 하게 된 이유는 어느 날 고욤나무에 귀청 떨어지는 벼락이 치면서 나무의 반만 시커멓게 그을리고 말라 비틀어졌기 때문이란다. 반은 초록이고 반은 검은빛이라서 마술에 걸린 마녀처럼 으스스해 보이는 고욤나무 덕분에 뒷마당은 몇 배로 운치가 있다. 그 옆에는 키 큰 상수리나무가 있어 가을이면 뒷마당 전체에 상수리를 뿌려 놓는다. 뒤뜰에 종류별로 큰 나무들이 많으니 작은 숲이나 마찬가지여서 새들이 모이고 벌레가 모이고 바람소리가 모인다.

나무 앞쪽에는 잡초들이 키보다 훨씬 높게 자라 있고 잡초 속에 잡초가 살고 있고 잡초 속에 또 다른 잡초가 살고 있다. 양손으로 키 큰 잡초를 헤집고 쪼그려 앉아 기다리면 순식간에 흙냄새와 풀냄새, 나무 냄새의 촉촉한 기운이 돈다. 잠시 할머니 댁 뒷마당인 것을 까먹고 깊은 숲속에 혼자만 남겨진 듯 세상이 조용해지면서 벌레들의 움직임이 느껴지고 벌레가 되어버린 착각이 들어 흙 소리에 귀 기울이면 청개구리, 집게벌레, 무당벌레, 여치, 콩벌레가 사방에서 기어 나온다. 막대기를 주워 폭신한 땅을 파서 진한 흙냄새를 맡아 본다.

땅 파기 놀이에 질리면 장독대 근처로 가본다. 할머니의 장독대답게 작은 항아리부터 큰 항아리까지 줄 맞춰 가지런하다. 작은 항아리를 보면 방으로 가져가고 싶은 마음에 들었다 놨다를 반복한다. 거칠거칠하며 녹색빛이 도는 항아리도 있고 고동빛에 길쭉하게 생긴 할머니 술항아리도, 어른어른 얼굴이 비치는 윤기 나는 항아리도 있다.

항아리가 놓인 바로 옆에는 물놀이하기 좋은 마중물 펌프가 있다. 어른들은 두세 번만 당기면 커다란 주둥이에서 물이 펑펑 쏟아지고 물기 없이 말라 있다가도 두 바가지 정도의 물만 넣으면 큰 다라이 가득 굵은 물을 시원하게 쏟아내는데 애들 힘으로는 안 되나 보다. 할머니한테 여러 번 지겹도록 배웠지만 물이 나오기는커녕 다라이에 남아 있는 물만 처먹고 헛손질만 해대니 손바닥만 얼얼하다. 마중물 펌프 근처에는 돌담 밖으로 물이 흐르는 도랑이 있어 뒤뜰은 항상 촉촉하다.

도랑 옆 할머니의 텃밭에는 오이, 참외, 토마토, 수박이 고랑마다 뒹굴어 다니는데 과일 모양은 하고 있지만 죄다 달지도 않고 질겨 터진다. 보통 참외보다 큰 할머니 참외는 굵고 딱딱한 씨를 뱉어내야 했고, 수박은 동그란 모양 하나 없이 일그러지고 찌그러지고 맛대가리도 없다. 토마토는 설탕을 뿌려 먹을 수 있으니 그나마 먹을 만하다. 놀다가 배고프면 과일을 따 먹으라고 여러 번 말을 들었지만 두리번거리기만 할 뿐 할머니 과일에는 손이 안 간다.

텃밭을 두리번거리는 이유는 호박꽃 속의 왕벌을 보기 위해서다. 숨죽이고 기다리다 엄지손가락만 한 왕벌이 호박꽃 속에 들어가 꿀을 먹느라 정신 팔려 있을 때 꽃잎을 살살 모아 쥐어 왕벌을 잡는다. 호박꽃 속에서 윙윙거리며 빠져나가려 버둥거리는 벌 소리를 들으면 손가락이라도 쏘일까 봐 던져버리고 싶지만, 호박벌의 발길질이 꽃잎 위로 가늘게 느껴질 때마다 무서운 왕벌을 움켜쥐고 있다는 으쓱함에 한참을 쥐고 다니다가 슬그머니 놓아준다.

뒷마당에는 왜 그리 재미있는 것이 많을까? 바닥에 박힌 돌멩이 자국만 쳐다보면서도 한나절을 보낼 수 있을 것 같다.

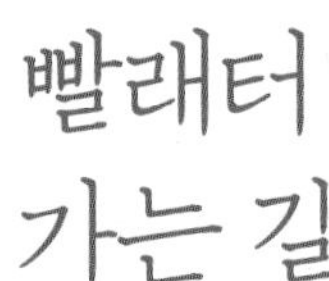

빨래터 가는 길

동네 사람들이 모여 빨래를 한다. 그곳은 할머니 댁에서 나와 돌담을 따라 오른쪽으로 향해 있다. 담벼락 아래로 봉숭아꽃이 너절너절 늘어져 피어 있고 꽃길을 깨금발로 걷는다. 빨간 꽃이 나오면 잠깐 쉬고 하얀 꽃이 나오면 잠깐 쉰다. 밤이면 봉숭아꽃 돌담 사이에서 반딧불이 엉거주춤 날아오르는 자리를 힐긋 보고 지나간다.

담을 지나면 꽃분이 언니네 대문이 나오는데 웃는 얼굴이 귀여운 만큼 목소리도 어찌나 간들어지는지 할머니 댁 담 너머로 '까르르 까르르' 웃는 소리가 자주 들린다. 양 볼때기에서 입가 쪽으로 볼펜으로 콕 찍은 듯한 작은 보조개가 신기해서 언니가 놀러 오면 그것만 쳐다본다. 꽃분이 언니는 막냇삼촌을 좋아해서 삼촌이 있으면 억지로 눈웃음을 치며 보조개를 연신 만들며 삼촌을 곁눈질한다. 그런 언니가 재밌어서 또 쳐다본다.

마당 가득 이것저것 늘어놓기 좋아하는 꽃분이 언니네 집 앞에 서서 잠깐 마당을 구경한다. 넓은 마당 가생이로 뭔 물건들이 그리도 많은지 집 안 물건은 죄다 마당으로 나온 듯 종류도 다양하다. 요강, 녹슨 분유통, 장화, 부서진 서랍, 흙 속에 처박힌 양은냄비, 둘둘 말린 비닐뭉치, 뒤엉킨 농기계 더미가 구석구석 해마다 늘어나고 처마 밑에 나란히 서 있는 빈병에는 알 수 없는 액체가 반쯤 넘게 차 있다. 벽이란 벽에는 큰 바가지와 작은 바가지, 낫이며 호미, 곡괭이, 쇠스랑과 녹슬고 알 수 없는 오래된 무언가가 주렁주렁 걸려 있다. 어찌 보면 동화 속에 나오는 요술 약을 만드는 마녀의 실험실 같다. 꽃분이 언니네를 끼고 오른쪽으로 돌면 저 아래쪽으로 빨래터가 보인다.

왼쪽으로는 벼가 허리까지 올라온 논이 있고 오른쪽으로는 구판장을 지난다. 구판장을 지나면 양쪽으로 벼가 가득한 논 사잇길을 걷는가 싶을 때 논을 가르는 개울이 나오고 그 개울이 빨래터다. 빨래터 위쪽으로 난 다리에 앉아 다리를 흔들거리며 빨래를 빠는 동네 사람들을 내려다보는 기분도 보통은 아니다. 작은 돌멩이를 통통 물속으로 던지는 맛도 깨소금 맛이다.

옆으로 길게 누워 빨래 빠는 손을 가만히 응시하며 누가 무슨 빨래를 빠는지 하나하나 살펴본다. 마른 빨래를 흐르는 물에 적시며 아시빨래('애벌빨래'의 경기, 경남, 충청 방언)를 빨다가 비누질을 하며 본 빨래로 들어갈 때 두부만 한 비누를 하나씩 꺼내 빨래에 문질러 바른다. 여러 번 뒤집어 비누가 골고루 발라진 빨래를 야무지게 비비고 주무르다 이만하면 다 됐다 싶을 때 다라이 속에서 몽둥이를 하나씩 꺼내 빨래를 사정없이 때려 빤다.

방망이가 공중으로 올라가는 사이에 한 손으로 빨래를 재빠르게 뒤집기 하는데 그 박자가 한 치의 오차 없이 머뭇거림 없이 공장에서 돌아가는 기계처럼 보인다. 공중으로 올라간 방망이가 빨래로 내려올 때 손이라도 다칠까 봐 실눈을 뜬다. 할머니는 다리에서 떨어진다며 빨리 내려오라고 뭐라 뭐라 하지만 다리 위에 누워서 바라보는 빨래터의 풍경은 스르르 잠까지 오게 편안한다.

고무신

새하얀 할아버지 고무신
나들이하고 돌아오시면 어느새 할아버지 고무신은
너무나도 새하얀 색으로 저렇게 빨랫줄에 널려 있었다.

할아버지가 닦아 놓으신 걸까?
할머니가 닦아 놓으신 걸까?

가지런히 널려 있는 고무신을 보면
꽃보다 더 예쁘다는 생각에 한참을 올려다봤다.

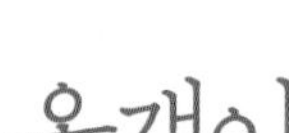

올갱이

점심을 먹고 나면 언제나 목수건을 두르고 밭으로 후다닥 열 발짝씩 날아가는 할머니. 그런데 오늘은 웬일인지 다 찌그러진 주전자 하나를 들더니 큰 개울가로 올갱이(다슬기의 방언)를 잡으러 가자고 한다. 무엇을 잡든 말든 상관없다. 개울가에서 그것도 할머니랑 같이 논다는 생각만으로 얼씨구나 신이 난다. 처음 듣는 올갱이가 뭐든 간에 벌레만 아니면 다 좋다.

바쁜 농사철에 논일이나 밭일 말고 다른 일을 하는 경우가 거의 없는데, 할머니 마음이 바뀌기 전에 얼른 움직여야 한다. 개울가 복장으로 짧은 반바지를 입고 개울물에 떠내려가지 않게 샌들 끈도 단단히 조여 신고는 할머니를 앞질러 가며 랄랄라 걸음을 걷는다. 인심 쓰듯 할머니 손에 들린 찌그러진 주전자도 빼앗아 든다.

가는 길에 작은 개울이 나타나자 할머니는 점검하듯 개울 바닥의 돌을 뒤집어 보며 검은색 점박이 같은 것을 떼어 보여준다. 물고기 똥처럼 생겨 냉큼 만지고 싶지는 않은 그것이 바로 '올갱이'란다. 진녹색이라고 해야 맞는지 검은색인지, 볼수록 소라를 닮은 것이 올갱이라는 이름과 잘 어울려 보인다.

그러고 보니 개울가 돌멩이에서 흔히 보던 것인데 먹는 것이라고는 생각을 못 했다. 할머니는 이렇게 작은 것은 잡아봐야 먹을 것이 없다면서 좀 더 큰 걸 잡아야 한다며 손가락 두 마디 정도를 가리켰다.

30분 정도 걸어 오얏골 넓은 개울 앞에 도착하니 물도 많고 물살도 장난 아니다. 요리조리 얕은 곳을 찾아 개울물 속으로 할머니를 따라 한 발 한 발 내디뎌 들어가자마자 무릎이 휘청한다. 좁디좁은 개울에서만 놀다 넓은 곳에 들어오니 가슴 벅찬 두근거림으로 이제 어린애가 아니니 어른스럽게 행동해야겠다는 묘한 마음가짐이 생긴다.

한 발 한 발 힘을 주어 돌바닥에 미끄러지지 않게 조심하며 가운데로 향해 걸어 들어가니 물의 깊이는 정강이 절반쯤 되는데 물살이 어찌나 센지 두 번이나 주저앉았다 일어났다를 반복했다. 개울 중앙에 이르자 긴장을 했는지 온통 물소리만 들리고 일렁이는 짙은 물살이 내 몸을 덮치는 것 같은 어지러움증에 속이 울렁거리며 몸이 떠내려갈 것처럼 힘이 빠진다. 발가락에 힘을 주고 호흡을 가다듬어 가며 진정했다.

마음을 가다듬고 허벅지 사이를 통과하는 물속을 바라보니 누런 돌멩이 위에 검은 점처럼 박혀 있는 올갱이가 보인다. 손바닥으로 살짝만 훑어 올려도 한 주먹씩은 떨어지는 것이 운이 좋으면 열 마리가 넘게 붙은 돌멩이도 발견할 수 있다. 할머니가 말한 손가락 두 마디 길이의 올갱이도 있고 더 큰 올갱이는 껍데기도 두껍고 조각이라도 새겨 넣은 듯한 이집트 문양이 있다. 올갱이에 정신 팔려 방심하다가 조금이라도 깊은 곳으로 들어가면 앞머리가 물에 감기고 얼굴까지 물속에 처박힌다.

할머니는 연신 물속 가까이 얼굴을 숙이고 손으로 올갱이를 주워 담듯 빠르게 움직인다. 넓은 개울 가운데 쪽은 더 깊을 줄 알았는데 돌무더기가 몰려 있는지 점점 얕아 발등 위로 물이 흐르는 곳도 있다. 섬처럼 올라온 곳에 서서 사방이 물로 가득 찬 주변을 한 바퀴 둘러본다. 행복해진다.

우리가 놀던 작은 개울과는 크기가 달라서 망설였는데 막상 들어오고 나니 물속에서 나가기 싫을 뿐 아니라 작은 개울에서 노는 것은 시시한 생각이 든다. 얼굴을 물속으로 처박고 자갈과 물결을 살펴본다. 이미 양쪽 주머니 속이, 티셔츠 앞자락이 올갱이로 가득해 몸을 숙일 때마다 올갱이끼리 부딪쳐 으스러지는 소리가 난다. 바닥에 깔린 것이 죄다 올갱이고 발가락으로 스치면 올갱이가 발가락 방향대로 이리저리 쓰러진다.

할머니가 빨리 올라오라고 손짓하며 소리친다. 잠깐 노는 것을 멈추고 할머니에게 달려가려고 하니 발걸음이 더뎌 물속에서는 아무리 빨리 발을 뻗으려 해도 뒷걸음치는 것처럼 보여 동생과 서로를 보면서 웃다가 물속으로 주저앉는 바람에 앞자락에 모아둔 올갱이가 모두 쏟아졌다. 너무 웃겨서 물속에 주저앉은 채로 또 웃었다.

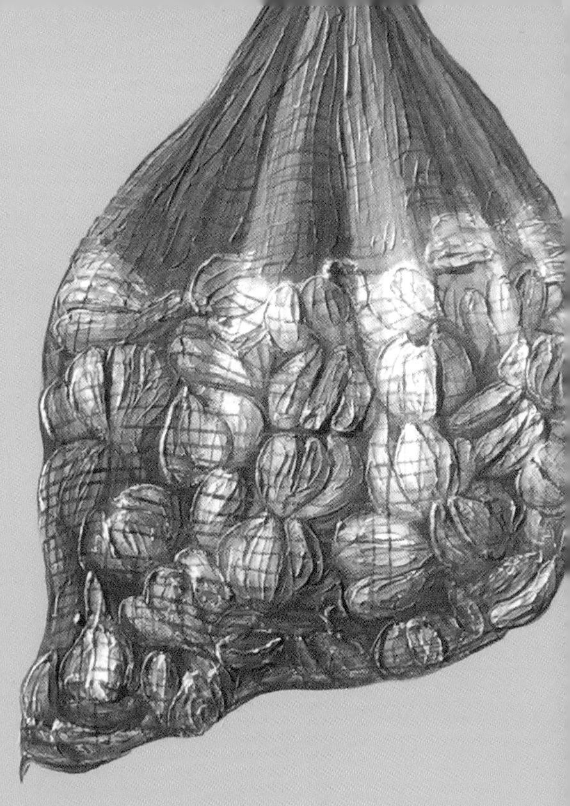

할머니

할머니의 허리에
머리를 콕 처박고 끌어안는다.

대롱대롱 매달려 떨어지지 않으려고 안간힘을 쓴다.
할머니의 품에서 마른 풀 향기가 난다.

할머니가 매일 그립다.

ㅇ ㅣ ㄱ ㄴ ㅇ

그물질

할아버지와 막냇삼촌이 언제 왔는지 개울가에서 그물질을 하고 있다. 풀뿌리가 많은 곳에 물고기가 모여 산다고 할아버지는 풀뿌리가 무성한 곳만 골라가며 그물을 뿌리 쪽으로 쑤셔댄다. 점점 좁아지는 개울가를 따라 올라가며 할아버지는 그물을 대고 삼촌은 풀뿌리 부분을 한 발로 지근지근 밟는다.

깊어 보이는 곳이든 나무뿌리가 무성해서 들어가기 힘든 곳이든 상관없이 마구잡이로 삼촌의 긴 장화는 발길질을 하고 풀뿌리를 밟을 때마다 흙탕물이 올라오고 풀둑이 무너져 흙덩이가 물속으로 우르르 쏟아진다. 올갱이를 잡던 할머니도 할아버지의 그물질 구경에 빠졌는지 할아버지 옆에 가서 그물질 훈수를 둔다.

"이쪽, 이쪽을 더 펴. 고기 빠져나가."

그때마다 할아버지는 그물을 더 꼿꼿하게 받쳐 들고 할머니 말을 따른다. "으라차차" 하며 그물을 들어 올리자 검은빛의 미꾸라지와 자잘한 물고기, 벌레지처럼 생긴 징그러운 것들이 그물에 한가득 묵직하게 꿈틀거리고 팔딱거리고 배배 꼰다. 작은 물고기는 얼마나 높이 점프를 하면서 튀는지 뛸 때마다 하얀 배가 반짝반짝 빛이 나고 한 번 그물질을 할 때마다 작은 물고기가 한 대접, 뱀처럼 꿈틀거리는 두툼한 미꾸라지가 한 대접씩 나온다. 나는 할아버지가 그물을 들어 올릴 때마다 소리치며 손뼉을 쳐댄다.

신나는 날이다. 할머니 손에 들린 구멍 난 주전자 속에는 올갱이가 가득하다. 주머니 속에 겨우 몇 개 남은 올갱이를 꺼내 주전자 속에 쏟아 넣는다. 할머니가 잡은 올갱이는 하나같이 굵고 큼직한데 주머니 속에서 나오는 올갱이는 크기가 천차만별이다. 할아버지가 잡은 물고기는 양동이 반 넘게 찼다. 논에서 잡은 누런 미꾸라지와는 다르게 개울에서 잡은 미꾸라지는 검정빛이 많이 돈다.

검은색 미꾸라지를 보며 할아버지는 연신 싱글벙글하는 것이 오늘 저녁은 미꾸라지 매운탕이겠다. 그물을 둘둘 말아 어깨에 멘 할아버지의 젖은 고무신에서는 걸을 때마다 뿌적뿌적 물소리가 나고 할머니 손에 든 주전자에서는 구멍이 뚫렸는지 실처럼 작은 물줄기가 분수처럼 곡선을 그리며 허공으로 떨어진다.

"할머니 올갱이로 뭐 하는 거야?"

"올갱이로 된장국도 끓이고 된장찌개도 끓이지."

"그럼 난 뭐 먹어?"

"올갱이 먹지. 할머니가 올갱이 먹는 법 알려줄게."

"올갱이 먹는 법도 있어?"

"그냥 나오는 게 아니야. 꽁지 쪽을 일일이 잘라내서 숨구멍을 만들어 줘야 나와. 이따가 할머니가 만들어줄 테니까 하는 거 잘 봐."

개울가에서 놀 때는 신이 나서 이리저리 따라다니며 참견했는데 집에 오는 길에는 몸이 축 처진다. 오자마자 할아버지는 커다란 다라이에 미꾸라지를 쏟고 우리를 다라이 가장자리에 가까이 모여 앉게 했다. 얌전하게 있는 미꾸라지를 바라보며 궁금해하고 있는 순간 하얀 소금을 뿌리자마자 광풍이 불 듯 다라이 속에서 바람이 휙 불며 빨라지는 미꾸라지의 몸놀림에 뒤로 엉덩방아를 찧으며 넘어졌다.

"으악! 할아버지 미꾸라지들이 왜 그래?"

"민물고기에 소금이 들어가서 그러는 거야."

무슨 말인지 알아듣지는 못했지만 고통스러워하는 것은 틀림없었다. 할아버지는 한 손을 꿈틀거리는 미꾸라지 속에 넣고 휘젓기 시작했다. 미꾸라지가 '꾸악꾸악' 소리를 내는가 싶더니 금방 조용해진다. 그렇게 여러 번을 물로 헹궈 체에 밭쳐놓고 작은 송사리는 하나하나 배를 딴다. 할아버지는 송사리 녀석들은 배를 안 따면 써서 음식을 해도 먹을 수가 없다고 설명하며 송사리 배에서 나오는 녹색의 작은 주머니를 보여준다. 온 집 안에 기분 좋은 비린내가 돈다.

개구리 낚시

망가진 대나무 우산대를 이용하거나 우산대가 없으면 적당한 나뭇가지를 꺾어 끝부분에 실을 묶고 실 끝부분에는 실 핀을 구부려 파리를 잡아 미끼로 달면 개구리 낚싯대가 된다.

할아버지와 오빠가 낚시하는 것을 보고 따라 만들었는데 이걸로 개구리가 잡히겠나 싶었지만 웬걸, 백발백중이다. 그저 낚싯대를 흔들흔들거리면 조용한 도랑 사방에서 개구리가 공중으로 튀어올라 바늘 끝의 파리를 낚아채는데 순간 낚싯대가 휘청하며 묵직한 손맛이 전달된다. 얼마나 긴장이 되는지 처음 낚싯대는 "엄마야!" 하고 소리 지르며 집어 던졌다. 파리가 많으면 많을수록 개구리는 얼마든지 잡을 수 있다. 많이 잡고 싶은 날은 파리부터 모으려고 전날부터 할아버지나 할머니에게 잡은 파리를 버리지 말라고 신신당부하고 파리채를 들고 다니며 마당이건 꽃밭이건 보이는 족족 잡아 다음날 그 파리들을 들고 도랑으로 향하면 된다.

적당한 크기의 개구리만 골라서 잡아야지 큰 개구리는 무서워서 잡을 수가 없다. 큰 개구리는 눈을 부릅뜨고 바닥에 딱 붙어 개구리답지 않게 입을 꽉 다물어 입속에 들어간 낚싯줄을 물고 힘겨루기를 시도하며 바늘을 뱉어낼 생각도 안 하고 약을 올린다. 이리저리 살살 흔들고 달래야 입속에 들어간 핀을 뱉고 천천히 등을 돌려 풀 속으로 들어간다. 이런 개구리가 잡히는 날이면 어디 숨어서 달려들까 겁이 나 자리를 옮겨 가며 낚시질을 한다.

작은 개구리는 쓸모가 많아 할머니에게 드리면 닭 먹잇감으로 던져준다. 사료와 부드러운 풀과 개구리를 비벼 닭장에 넣어주면 높이 앉아 있던 장닭부터 푸드득 푸드득 닭똥 냄새를 풍기며 내려와 개구리부터 찾아 물고 고개를 흔들어가며 먹는다. 그다음에는 나머지 몇 마리가 동시에 붙어 서로 먼저 먹으려고 싸움까지 한다. 개구리를 먹이로 주는 날, 닭장 싸움 구경이 볼만하다. 할머니 댁 닭들은 개구리를 좋아한다.

개울가 목욕

새로운 비밀을 알게 된 것은 열두 살 때이다. 달빛이 없는 여름밤이면 동네 여자들이 목욕을 하러 개울가로 간다. 언젠가는 달빛조차 없던 깜깜한 밤에 고모들을 따라 목욕하러 갔다. 그 전에는 나이가 너무 어리다며 데려가지 않았는데 열두 살이 되니 목욕에 끼워준 것이다.

가는 길에는 손전등을 켜지만 멀리서 개울가가 보이면 손전등부터 끄고 좀 걸어야 한다. 깜깜한 밤이라도 조금은 보일 법한데 안 보여도 이렇게 안 보이는 것은 처음이다. 마치 눈을 감고 걷는 것 같아 막내고모 손에 매달리듯 의지하고 걸었다. 이미 개울가에는 여러 명의 여자들 목소리가 들렸고 작은 소리로 웃어가며 소곤소곤거렸다. 서로 번갈아 가면서 망을 봐준다고 다리 위에 올라가서 왔다 갔다 한다.

달빛조차 없는 밤이라서 누구의 얼굴인지 하나도 분간이 안 간다. 바가지로 물 뿌리는 소리, 첨벙첨벙 물속에 머리를 헹구는 소리, 이 밤에 빨래 빠는 소리가 들리는 가운데 누군가가 비누를 밟았는지 미끄러운 돌바닥에 철푸덕 하고 넘어지면서 "엄마야!" 비명을 지른다. 돌바닥에 벌거벗고 넘어졌으면 분명 많이 아플 텐데 웃음소리만 "까르르 깔깔깔" 퍼진다. 몇 명 안 되는 줄 알았는데 웃음이 늦게 터지는 여자들까지 더하면 열 명 남짓은 되어 보인다. 깔깔거리고 웃겨 죽겠다며 순간 개울가가 웃음바다가 되고 넘어진 여자는 아프지도 않은지 비누가 없어졌다고 비누부터 찾는다.

넘어지는 소리로 봐서 바로 앞부분에서 넘어진 것 같아 도와줘야겠다는 생각에 손전등을 켰는데 세상에! 순간적으로 여자들이 호들갑을 떨면서 비명을 지르고 불을 끄라고 손을 내젓는다. 바닥을 향한 손전등은 앞에 앉아 있던 여자의 엉덩이를 비추었다. 허연 엉덩이를 본 순간 아차하고 손전등을 끄려고 올려 들자마자 건너편에 쪼그려 앉아 비누질을 하던 여자들의 허연 몸 위로 손전등이 차례로 지나간다. "옴마야!" 소리치며 몸을 움츠리며 난리 법석에 또다시 개울가에서 웃음소리가 퍼진다.

그때 갑자기 다리 위에서 망을 보던 고모가 뒤쪽 방향을 향해 "누구야?" 하며 큰 소리를 치자 누군가가 풀숲을 가르고 도망가는 소리가 들린다. 고모는 우물쭈물 어찌할 바를 몰라하더니 다 늦게 돌멩이라도 던져야겠다며 어딘가를 향해 돌멩이를 던진다. 목욕하던 여자들이 갑자기 '이 새끼 저 새끼 어떤 새끼야, 뉘 집 새끼야, 너 걸리면 뒤져, 가다가 넘어져 대가리라도 깨져라' 하며 한 마디씩 욕지거리를 하더니 갑자기 아까보다 더 크게 웃기 시작한다.

얼마나 오래 웃던지 어떤 여자는 너무 웃어서 배 아프다며 웃고, 어떤 여자는 눈물이 난다고 한다. 아무것도 안 보이는 칠흑 같은 어둠 속에서 머리 감고 목욕하고 하나둘씩 여자들이 나가고 고모가 개울 아래로 내려온다. 한여름이라고 해도 시골의, 그것도 밤의 개울물은 차가워 발가락조차 담그고 싶지 않아서 고모와 언니가 목욕하는 소리만 들었다.

이상하게도 그날은 한 치 앞도 안 보이는 날이었다. 개울가를 가는 동안 들려온 수백 가지의 소리와 발가락 사이로만 전달되는 감각은 경험해 보지 못한 특별한 놀이였다. 몇 배는 선명하게 들리던 벌레 소리와 개구리 소리, 흐르는 물소리, 질퍽질퍽, 미끌미끌…….

단아한 쪽찐머리를 하고 잰걸음으로
부지런히 살림이며 밭일을 하던 우리 할머니, 늘 그립다.

이강의 호시절

이야기 일곱

언제나 생각나는 할머니표 먹거리

가래떡

화롯불이 빨갛다가 숯으로 변했다가 바람이 불면 다시 빨갛게 달아오른다. 불쏘시개로 살짝 속을 헤집어보면 빨간 불이 화끈화끈.

할아버지는 돌멩이보다 딱딱한 가래떡을 쟁반 가득 들고 우릴 둘러보며 자랑스럽게 으쓱거린다. 조르르 화로 앞으로 다가가 가래떡을 하나씩 들고 칼싸움을 하다가 "음식 가지고 장난치면 불지옥 간다."는 할아버지 말에 멈칫. 할아버지는 가래떡을 화로 위에 줄을 맞춰 올려놓고 노릇노릇 구워질 때쯤 재를 털어가며 연신 돌려준다. 콩알처럼 부풀어 오른 부분에서 '포옥' 하고 구멍이 터질 때마다 고소한 누룽지 냄새가 올라온다. 말랑말랑하게 처지기 시작하면 쫄깃한 가래떡을 빨리 먹고 싶어 안달이 나지만 할아버지는 "아직 멀었다."며 천천히 여유를 부려가며 골고루 구워낸다. 다 구워진 노릇노릇한 가래떡이 쟁반 위에 소복하게 쌓이고 시커먼 재가 묻은 가래떡 가장자리 부분에서 스멀스멀 김이 올라오면 온 방 안에 고스름한(고소하다의 방언) 냄새가 가득 찬다.

겨울이면 냉골이 되는 건넌방에서 할머니가 차가운 조청 항아리를 들고 나온다. 조청 항아리에 가래떡을 집어넣고 돌돌돌 말아 꺼낸 뒤 하나씩 나눠 주면 보고만 있어도 맛이 느껴질 만큼 감격스럽다. 뜨거운 가래떡에 돌돌 말린 조청을 바닥에 흘리지 않게 조심조심 입에 넣고 씹는다. 안 씹히는 것 같으면서도 뭉글뭉글 씹히는 조청은 신세계 식감이다. 꿀보다 맛있는 조청이 따스한 가래떡에 돌돌 말려 입속으로 들어가다니 이게 꿈인가 생시인가! 겉은 바싹 속은 쫄깃하게 구운 가래떡 하나만으로도 충분한데 오늘은 횡재한 날이다.

이제부터 세상에서 제일 맛있는 건 조청에 찍어 먹는 구운 가래떡이다.

"할머니 더 더 더 더."

조심해서 먹는데도 턱이며 바지, 앞자락에 조청이 뚝뚝 떨어진다. 쫀득거리는 가래떡에 돌돌 말린 조청은 할머니 댁에서만 먹을 수 있는 겨울 간식이다.

고욤

온 세상이 꽁꽁 언 날, 할머니가 작고 귀여운 항아리를 안고 방으로 들어왔다. 뚜껑을 열자 항아리 속에서 낯익은 달큼한 냄새가 풍긴다. 그 속을 숟가락으로 몇 번 뒤적거리더니 한 숟가락 떠서 나와 동생들의 입속에 넣어주려 하는데 맛없어 보이는 거무스름한 색에 나도 모르게 움찔한다.

동생들도 냉큼 입을 벌리지 않고 서로 얼굴만 쳐다보기에 할머니가 속상해하실까 봐 내가 먼저 용기 내어 '아' 하고 크게 입을 벌렸다. 자잘한 열매 같은 것이 얇은 껍질도 있고 씨앗도 있다. 어디서 먹어본 맛인데 생각이 날 듯 말 듯…… 색깔에 비해서 맛은 훌륭하다.

할머니가 뒤꼍에 있는 고욤나무의 열매라고 알려주셨다. 감하고 똑같이 생겼는데 엄지손톱처럼 작아서 '작은 홍시나무'라고 부른단다. 어쩜 그리도 홍시와 맛이 똑같은지 '아' '아' '아' 자꾸만 할머니를 향해 입을 벌린다. 그제야 동생들도 저도 달라고 입을 크게 벌려댄다.

한겨울, 할머니 집에서만 먹을 수 있던, 이가 시리도록 차갑고 달콤했던 고욤. 그때 우리들의 모습은 어미에게 먹이를 달라고 주둥이를 벌려대는 병아리 같았을까? 할머니 얼굴에 떠돌던 흡족한 미소가 아직도 생생하다.

굴뚝새

할아버지가 세상에서 젤로 맛있는 것을 보여준다며 눈을 감으라고 한다. 그날도 화로 앞에 앉아서 무엇인가 구우려고 준비 중인 듯했다. 화로 앞에 둥글게 앉아 눈을 반쯤 감고 설렘 반 장난 반으로 키득거리며 기다리고 있는데 할머니는 밖에 나가서 하라고 몇 번이고 할아버지를 말리고 윽박지르는 것이 궁금해 미치게 한다.

"아이고, 아이고, 말도 징그럽게 안 들어 먹네."

할머니가 이렇게까지 여러 말 한 적이 없는데 뭔가 굉장한 것이 준비됐나 보다. 눈치로 봐서는 화로 속에 무엇인가를 넣은 듯한데 숯불 속에 박아둔 크기로 봐서는 작은 것 같아 배불리 먹을 수 있는 것은 아니고 세상에서 가장 맛있는 것이라고 하니 할머니 잔소리에 아랑곳하지 않고 화로 앞을 지켰다. 평소와는 다른 분위기라서 재미있는 일이 있을 것만 같다.

할머니와 할아버지가 실랑이를 벌이는 사이 화로 속에서 실처럼 가늘게 연기가 갈팡질팡하는가 싶더니 '푹' 소리가 나며 숯불 표면에 재가 들썩하자마자 연기가 올라와 방 안에 가득 찬다. 냄새도 장난 아닌 머리카락 타는 냄새다. 방 안이 연기로 뿌옇게 되자 할머니는 구시렁구시렁하며 방문을 연다. 연기는 금방 빠졌지만 머리카락 타는 냄새는 그대로 남아 있다. 바로 이 냄새를 할머니가 싫어했던 것인가 보다.

할아버지는 비밀스러운 웃음을 지어 보이며 불쏘시개로 화로 속을 뒤적뒤적하더니 작은 재 덩어리를 꺼내서 화로 옆에 탁탁 쳐서 턴다. 도대체가 알 수 없는 작은 숯 덩어리가 나왔다. 할아버지는 이 작은 덩어리가 세상에서 가장 맛있는 굴뚝새라며 한 입 먹어보라고 날개 부분을 떼어 건넨다.

"으아악, 할아버지 잔인해."

나는 소리치며 방 저쪽으로 도망간다. 날개며 다리며 몸뚱이며 하나하나 떼어 빙글빙글 웃어가며 약 올리듯 맛나게 쩝쩝거리며 가장 맛있는 부분은 굴뚝새 대가리라며 손으로 번쩍 들어 보여주더니

'오드득 오드득' 뼈 하나 남김없이 씹어 넘긴다. 우리는 눈을 꼭 감고 쫑알쫑알, 오늘만 할아버지를 봐주는데 이제부터 새는 잡지 말라고 약속을 받아낸다.

"허허허 허허허 그려, 그려."

겨울밤이면 할머니 댁은 웃는 맛이 기가 막힌다.

옥춘

제사상에서 가장 눈에 띄던
오색찬란한 옥춘

동생과 나는 제사가 끝나기를 기다렸다
옥춘부터 먹기 시작한다.

입술이 빨갛게 변하도록 빨아먹던 옥춘은
지금도 할머니 댁 제사상이 생각나게 한다.

막걸리

할머니가 좋아하는 막걸리를 받으러 간다. 옆집 구판장에 어른이 안 계시면 초등학교도 안 들어간 어린 손자 녀석이 머쓱하게 나와 어둑어둑한 광문을 열고 땅속에 묻은 항아리 뚜껑을 연다. 열자마자 시큼한 냄새를 풍기는 하얀 막걸리가 막걸리답지 않게 눈이 부시도록 빛을 낸다. 어린 녀석이 무릎을 꿇고 앉아 긴 국자로 막걸리를 퍼내는데 손놀림이 어찌나 야무진지 한 방울도 흘리지 않고 작은 주전자에 담아 준다.

어린 마음에도 요놈은 크면 성공할 것만 같은 예감이 들었다. 시큼한 냄새가 궁금하기도 하지만 하얀 색감이 맛있어 보여 오는 길에 주전자 뚜껑에 몇 번을 따라 마신다. 달달한 맛에 이러다가 다 먹을 수도 있겠다 싶다가도 끝부분에서 씁쌀한 쓴맛이 올라오는 것이 목구멍으로 넘어가질 않는다.

말도 웃음도 없는 할머니가 막걸리를 열무김치와 두 사발 마시더니 발그스름한 볼을 하고 맹맹한 콧소리를 내며 말이 많아지고 웃기도 잘한다. 술 취한 할머니가 좋다. 하루 종일 쉬지 않고 왔다 갔다 하는 할머니가 막걸리 몇 잔에 무한정 앉아서 오만 가지 말을 쏟아내니 이 시간은 손녀들과 대화 속에서 서로를 위로하고 위로 받는 시간이다. 그러니 할머니에게 막걸리는 요물이다.

할머니는 밥공기에 뽀얀 막걸리를 반쯤 따른 뒤 설탕을 듬뿍 넣어 단맛도 아니고 쓴맛도 아닌 막걸리를 만들어 우리에게 건네준다. 아따! 기분도 좋겠다. 괜스레 술 취한 척을 하면서 할머니를 위해 마당을 돌며 덩실덩실 비틀비틀 춤을 춘다. 할머니가 웃는다. 나도 웃는다.

동동주

마당에 작은 멍석이 깔렸다. 멀리서 보기에 누룽지인가? 밥은 밥 같은데 누런색이 많이 도는 것이 밥 같기도 하고 떡 같기도 하다. 알고 보니 찹쌀로 만든 고두밥이란다. 멍석에 고두밥을 일일이 손으로 펼치던 할머니가 한 움큼 집어 내 입에 넣어준다. 밥이긴 밥인데 꼿꼿해서 누룽지에 가까운 상태다. 여기저기 쏘다니다 출출하면 슬그머니 멍석에 놓인 고두밥을 한 주먹씩 먹어가며 놀다 보니 고소한 것이 먹을 만하다.

술 좋아하는 할머니의 술 담그는 재주는 동네에서도 알아준다. 일 년에 한 번씩 동동주를 담그는 날이면 건넌방에 길고 좁은 술 항아리

가 들어오고 마당에 널어둔 고두밥과 누룩을 골고루 섞어 그 안을 채운다. 며칠 지나면 항아리 속에서 '뽀글뽀글 퍽퍽' 하루 종일 크고 작은 소리가 나고, 동동주를 만드는 기간 동안은 괜스레 할아버지도 관심을 보이고 안 하던 대화도 두런두런 많이 하니 두 분 모습이 보기 좋다.

할머니 술이 완성되어 체에 거르는 날이면 동네 사람들이 마당 멍석 위에 엉덩이를 붙이고 앉아 동동주에 부침개와 김치 쪼가리를 먹고 몇몇 아줌마들은 부엌을 들락날락하며 칼국수를 만든다.

술이 들어가니 목소리가 커지고 노래를 부르며 생전 목소리 한번 들어보지 못한 소심쟁이 동네 할아버지가 엉거주춤 이상한 몸짓으로 춤을 추다니! 할머니의 술은 사람을 들뜨게 만드나 보다. 우리 할머니만은 아닐 것이라고 생각했는데 양손을 들어 덩실덩실 춤을 추는 것이다. 눈을 의심했다. 춤추는 모습을 보는 것은 어색했지만 우리 할머니라서인지 그럭저럭 볼만했다.

마당을 지날 때마다 사람들에게서 시큼한 술 냄새가 번져오고 손가락으로 김치를 집어 먹던 곰배 아저씨는 입 언저리며 광대뼈 근처까지 김칫국물이 들었다. 수냉이 할머니는 일어나려고 하다가 비틀거리며 다시 주저앉아 사람들이 거들어 준다.

사람 구경이 이렇게 재미있는 것인 줄 처음 알았다. 좀 전에 대문을 나가던 진덕이 아줌마가 어젯밤에 제사를 지냈다며 동태전과 두부전을 푸짐하게 가져온다. 대문 근처에서 싸움이 났는지 아저씨 둘이 맞붙어 바닥을 구르며 혓바닥이 꼬인 옹알이 같은 소리를 하고 있다. 재미있게 듣고 있는데 아쉽게도 보다 못한 할아버지가 뜯어말리고, 동네 아줌마들은 저 인간들은 만나기만 하면 염병을 떤다고 욕지거리를 한다.

오늘은 볼거리가 풍성한 날이다. 며칠 동안 정성 들여 만든 할머니의 동동주는 마당 한가득 모인 사람들을 웃고 떠들고 울고불고 난리치게 만드는 요술 물약이다.

진달래술

봄이면 할머니를 따라 자루를 들고 산으로 올라간다. 아직은 마른 잎이 바스락거리는 산길이지만 자잘한 새싹이 막 올라오는 초봄이면 진달래를 따러 할머니만 아는 진달래가 깔린 산으로 간다. 사방천지 탐스러운 핑크빛으로 가득한 꽃에 둘러싸여 호들갑을 떨며 좋아하니 할머니도 좋은가 보다.

겹겹이 풍성한 할머니의 진달래는 크기부터가 다르다. 예쁜 것만 골라서 입에 넣으면 신맛이 나기도 하고 단맛이 나기도 하고 꽃향기와 더불어 오묘한 맛을 낸다. 맛있다고는 할 수 없지만 예쁜 꽃을 먹는다는 신기함에 그냥 먹는다. 할머니는 저쪽에서부터 꽃을 따기 시작한다. 할머니를 따라 꽃을 따려는데 쉽지 않다. 가지는 옷을 잡아 당기고 뒤로 물러나니 꽃잎은 후두둑 땅에 떨어지고 자루는 뒤집히고…….

"얼른 꽃 따고 집에 가야지."

할머니 말에 정신 차리고 커다란 꽃잎만 골라 따긴 하는데 아무리 따고 따도 꽃잎으로 가득한 할머니의 광목 자루를 따라갈 수 없다.

집에 돌아와 진달래 꽃잎을 조심조심 씻어 바구니에 건져 물기를 빼니 반은 줄어 보인다. 할머니는 어두운 광 속 구석에 박혀 있는 작은 항아리를 찾아 진달래를 차곡차곡 돌려 넣는다. 며칠 전부터 진달래를 따서 항아리에 넣는 것을 봤는데, 해마다 담그는 봄 향기 가득한 진달래술은 할머니의 주특기다.

"할머니, 진달래술 맛있어? 막걸리보다 맛있어?"

할머니는 "막걸리보다 독하지." 하며 진달래가 알맞게 채워졌는지 항아리 속을 돌려보며 주둥이에 달력 종이를 두르고 고무줄로 칭칭 동여맨다.

"할머니, 진달래술은 무슨 색이야?"

"봄을 닮은 진달래색이지."

진달래가 피는 계절은 하루 종일 핑크색이 할머니 손에서 떠나질 않는다. 정말이지 할머니는 낭만을 안다.

진달래

향아리 속의 진달래술이 익어간다.

진달래 따던 날
한 움큼씩 입속으로

기대에 못 미친 시큼한 맛
네 맛도 내 맛도 아닌 떨떠름한 맛

아직도 입가에 맴맴맴.

열무김치찌개

할머니의 열무김치찌개는 젓가락이 가다가 되돌아올 것같이 맛대가리는 없어 보인다. 붉은빛이라도 나면 입맛이 돌겠지만 검은빛에 가늘고 지질한 열무김치로 끓인 찌개는 흡사 마른 나물을 삶아놓은 모양새다. 거기에 찌그러진 양은냄비까지 가관이다. 할머니의 양은냄비는 은빛으로 반질거렸는데 얼마나 닦으면 그리 될까, 가끔은 양은냄비의 광택에 멍해져 저러다가 보석으로 변하는 것이 아닌가 하는 멍청한 생각을 하기도 했다.

찌그러지다 못해 오그라든 양은냄비도 찌개 속 시커먼 열무김치도 입맛을 돋우는 비주얼은 아니지만 찌개에서 올라오는 냄새는 사람의 애간장을 녹일 만큼 군침 돌게 한다. 밥이 뭉글뭉글 씹힌다면, 열무는 결이 있는 한 방향으로 잡아당기듯 끊어진다. 뭉글거리는 밥 속으로 섞이는 열무와의 조화는 딱 맞아떨어지는 응집된 결정체이다. 열무 한 가지에 열 가지가 넘는 반찬 맛이 골고루 배었다고 할까? 굳이 여러 반찬을 먹지 않는다 해도 서운할 것 하나 없는 맛이다.

열무김치 사이사이로 개나리처럼 노란빛이 살살 도는 들기름, 그 향은 밥상을 부엌으로 물리기 전까지 밥상 앞을 떠나기 아쉽게 만든다. 아무리 맛있는 소시지 반찬, 어묵 반찬이 있다 해도 열무김치찌개 하나면 일주일 저녁쯤은 질리지 않게 먹을 자신이 있다. 이리저리 뒤적거려 봐도 돼지고기나 멸치 대가리 한쪽이 없는데도 끝장나게 맛있는 김치찌개는 저녁 시간을 알리는 할머니 목소리에 귀 기울이게 만든다. 흰쌀밥에 열무김치찌개의 환상적인 조화는 두말할 것도 없이 할머니를 향해 엄지손가락을 척 올리게 만든다.

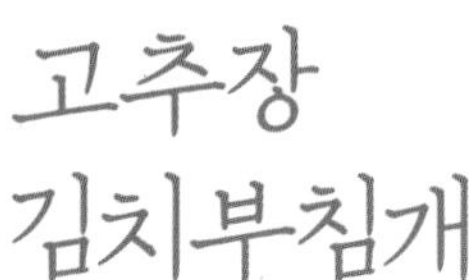

고추장 김치부침개

아침밥을 먹고 큰골 밭으로 나가셨는지 방금 전까지만 해도 할아버지의 걸쭉한 트림 소리가 들렸는데 이 방 저 방을 둘러봐도 보이지 않는다. 언제나 그렇다. 발걸음 소리도 없이 사라진다. 뒤꼍에서 기침소리가 들려 가보면 그림자도 안 보이고, 외양간 근처에서 가래질하는 소리가 들려 고개를 돌려보면 벌써 밭에 나갔다고 한다. 발걸음이 어찌나 빠른지 동에 번쩍, 서에 번쩍 부지런도 하다.

새참 시간이 되었나! 부엌에서 김치고추장 부침개 냄새가 난다. 오랜만에 맡는 냄새에 아침밥 먹은 지 얼마 되지도 않았는데 군침이 돈다. 고추장과 김치를 섞은 말깡한 밀가루 반죽은 도대체가 맛대가리라곤 없어 보이는데 프라이팬에서 빨갛게 익어가면 감칠맛 나는 냄새에 어깨춤이 춰진다. 그냥 김치만 들어가면 이 냄새가 안 난다. 고추장이 들어가니 고추장 향과 시큼한 김치와 지져지는 기름이 어우러진 풍요로운 냄새의 향연이다. 고추장 향이 감도는 부침개를 볼이 터져라 밀어 넣고 씹어야 먹을 줄 아는 사람이다.

아무리 애들이라도 조금씩 떼어 먹으면 밀가루에 식용유 맛만 느껴질 뿐! 진정한 맛을 느끼려면 이불 개듯 여러 겹을 접어 한입 가득 밀어넣고 씹어야 한다. 고추장에 신 김치의 시큼한 맛이 어우러져야 비로소 감동이 온다.

맛있냐고 물어보는 할머니의 물음에 엄지손가락을 번쩍 들고 부침개가 입에 들어갈 때마다 할머니가 좋아하는 개다리 춤을 춘다. 뻘건 부침개가 작은 쟁반에 척척 올려지고 방금 텃밭에서 따 온 싱싱한 오이가 놓인다. 평소에는 먹지도 않던 오이가 왜 그리 맛있어 보이는지……. 할머니는 확실히 음식 궁합을 안다. 술을 못 마시는 할아버지를 위한 시원한 미숫가루와 술을 좋아하는 할머니의 막걸리 주전자까지 광주리에 놓이면 큰골 밭으로 향한다. 할아버지는 얼마나 좋을까. 이렇게 할머니가 살뜰하게 챙겨주니 말이다. 그런데도 바람을 피워대고 있으니 복을 찬다, 복을 차.

강낭콩밥

안개가 자욱하다. 부엌에서 할머니는 웬 안개가 이렇게 많이 꼈냐고 혼잣말을 한다. 아직은 이불 속에서 뒤척뒤척 한잠을 더 자야 하는데 할머니의 말에 궁금해서 견딜 수가 없다. 아무래도 보통 안개는 아닌 듯하다. 평소에 말 없는 할머니가 혼잣말을 하는 걸 보면 자주 있는 일이 아니다.

슬그머니 문을 열고 나가 보니 앞산은 말할 것도 없이 잘 보이던 큰 나무도 안 보이고 담장만 겨우 보일 뿐 성정동 집에서는 보지 못한 광경이다. 마루에만 앉아 있다가 들어갈 생각이었는데 이 광경을 두고 방에 들어가기 아깝다. 할머니는 군불을 때려는지 잔 나뭇가지를 똑똑 부러트리는 소리를 낸다. 안개 속을 걷고 싶어 마당으로 나가 빙빙 돌며 어디까지 보이는지 외양간, 지붕, 화단, 담장을 두리번거리니 발등만 선명할 뿐 사방이 사라지듯 보일 듯 말 듯 하고, 방금 열고 나왔던 방문조차 분간이 안 간다. 뿌연 안개와 연기를 헤치며 할머니가 부엌에서 나오다 말고 밭에 가서 할아버지한테 강낭콩을 받아 오라 한다.

담장 밖 밭인데도 안 보일까 봐 겁이 나서 살금살금 걷는데 대문 밖을 나가보니 마당만 보이는 줄 알았는데 걷는 만큼 보일 것은 다 보인다. 아래로 비스듬히 뻗은 넓은 콩밭에도 안개가 어찌나 짙게 꼈는지 밭이 있는지 없는지 끝부분은 보이지도 않고 방학 내내 먹으려고 개수를 세다 말았던, 그 많던 옥수수도 몇 개 안 보인다. 두리번두리번 찾아봐도 할아버지는 안 보이고 혼자만 덩그러니 서 있는 것 같아 무서운 마음에 "할아버지, 할아버지!" 외친다.

멀리 떨어지지도 않은 바로 코앞 콩밭 가장자리에서 할아버지가 몸을 반쯤 일으킨다. 한 손에 국 대접을 들고 콩을 따던 할아버지는 할머니한테 주라며 쏙쏙 빠진 자줏빛 강낭콩이 담긴 대접을 내민다. 예쁘다. 그동안 먹던 강낭콩밥은 이렇게 아침마다 할머니뿐만 아니라 할아버지의 수고도 있었던 덕분인 줄 비로소 알았다.

"왜 이리 일찍 일어났어? 더 자야지."

할아버지의 웃는 얼굴을 보자 안도감에 기분이 좋아져 안개로 가득 찬 콩밭 사잇길을 괜히 달려본다. 콩잎에서 차가운 이슬이 튄다. 바지며 허리춤까지 이슬이 튀어 옷이 다 젖었고 발목과 발은 비에 젖은 것처럼 물기와 흙으로 뒤범벅이 됐다. 자줏빛 점이 촘촘히 박힌 강낭콩이 쏟아지지 않게 한 손으로 대접을 덮고 콩밭을 나온다. 할아버지는 콩밭 속에 또 숨었는지 보이지도 않는다.

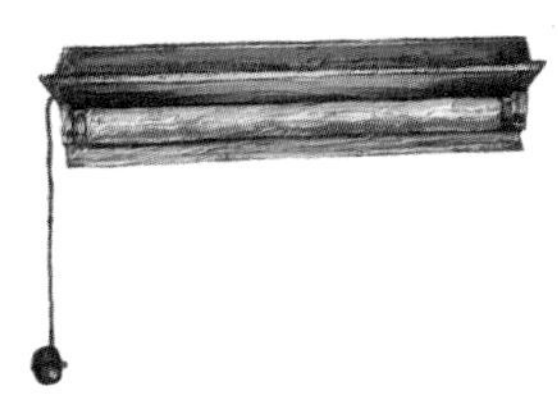

이강의 호시절

나를 위로하는 따뜻한 추억으로의 여행

1판 1쇄 발행 2023년 1월 10일

지은이 이강 | 펴낸이 이수정 | 펴낸곳 북드림

진행 신정진, 김재철 | 디자인 북디자인 경놈

등록 제2020-000127호

전화 02-463-6613 | 팩스 070-5110-1274

주소 경기도 남양주시 다산순환로 20 C동 4층 49호

도서 문의 및 출간 제안 suzie30@hanmail.net

ISBN 979-11-91509-21-2 (03810)

· 책값은 뒤표지에 있습니다.

· 파본은 구입처에서 교환해 드립니다.